CONRAD FERDINAND MEYER

Das Amulett

NOVELLE

Christiane

Eigentum

PHILIPP RECLAM JUN. STUTTGART

Der Text folgt: Conrad Ferdinand Meyer: Werke. Dritter Band. Leipzig: Haessel, 1924. – Orthographie und Interpunktion wurden behutsam dem heutigen Gebrauch angeglichen, Anmerkungen auf S. 73 beigefügt.

Erläuterungen und Dokumente zu Meyers Novelle ›Das Amulett‹ liegen unter Nr. 8140 in Reclams Universal-Bibliothek vor.

Universal-Bibliothek Nr. 6943

Gesetzt in Borgis Garamond-Antiqua. Printed in Germany 1980
Herstellung: Reclam Stuttgart
ISBN 3-15-006943-2

Alte vergilbte Blätter liegen vor mir mit Aufzeichnungen aus dem Anfange des siebzehnten Jahrhunderts. Ich übersetze sie in die Sprache unserer Zeit.

ERSTES KAPITEL

Heute, am vierzehnten März 1611, ritt ich von meinem Sitze am Bieler See hinüber nach Courtion zu dem alten Boccard, den Handel um eine mir gehörige, mit Eichen und Buchen bestandene Halde in der Nähe von Münchweiler abzuschließen, der sich schon eine Weile hingezogen hatte. Der alte Herr bemühte sich in langwierigem Briefwechsel um eine Preiserniedrigung. Gegen den Wert des fraglichen Waldstreifens konnte kein ernstlicher Widerspruch erhoben werden, doch der Greis schien es für seine Pflicht zu halten, mir noch etwas abzumarkten. Da ich indessen guten Grund hatte, ihm alles Liebe zu erweisen und überdies Geldes benötigt war, um meinem Sohn, der im Dienste der Generalstaaten steht und mit einer blonden, runden Holländerin verlobt ist, die erste Einrichtung seines Hausstandes zu erleichtern, entschloß ich mich, ihm nachzugeben und den Handel rasch zu beendigen.

Ich fand ihn auf seinem altertümlichen Sitze einsam und in vernachlässigtem Zustande. Sein graues Haar hing ihm unordentlich in die Stirn und hinunter auf den Nacken. Als er meine Bereitwilligkeit vernahm, blitzten seine erloschenen Augen auf bei der freudigen Nachricht. Rafft und sammelt er doch in seinen alten Tagen, uneingedenk, daß sein Stamm mit ihm verdorren und er seine Habe lachenden Erben lassen wird.

Er führte mich in ein kleines Turmzimmer, wo er in einem wurmstichigen Schranke seine Schriften verwahrt, hieß mich Platz nehmen und bat mich, den Kontrakt schriftlich aufzusetzen. Ich hatte meine kurze Arbeit beendigt und wandte mich zu dem Alten um, der unterdessen in den Schubladen gekramt hatte, nach seinem Siegel suchend, das er verlegt zu haben schien. Wie ich ihn alles hastig durcheinanderwerfen sah, erhob ich mich unwillkürlich, als müßt' ich ihm helfen. Er hatte eben wie in fieberischer Eile ein geheimes Schubfach geöffnet, als ich hinter ihn trat, einen Blick hineinwarf und – tief aufseufzte.

In dem Fache lagen nebeneinander zwei seltsame, beide mir nur zu wohl bekannte Gegenstände: ein durchlöcherter Filzhut, den einst eine Kugel durchbohrt hatte, und ein großes rundes Medaillon von Silber mit dem Bilde der Mutter Gottes von Einsiedeln in getriebener, ziemlich roher Arbeit.

Der Alte kehrte sich um, als wollte er meinen Seufzer beantworten, und sagte in weinerlichem Tone:

»Jawohl, Herr Schadau, mich hat die Dame von Einsiedeln noch behüten dürfen zu Haus und im Felde; aber seit die Ketzerei in die Welt gekommen ist und auch unsre Schweiz verwüstet hat, ist die Macht der guten Dame erloschen, selbst für die Rechtgläubigen! Das hat sich an Wilhelm gezeigt – meinem lieben Jungen.« Und eine Träne quoll unter seinen grauen Wimpern hervor.

Mir war bei diesem Auftritte weh ums Herz, und ich richtete an den Alten ein paar tröstende Worte über den Verlust seines Sohnes, der mein Altersgenosse gewesen und an meiner Seite tödlich getroffen worden war. Doch meine Rede schien ihn zu verstimmen, oder er überhörte sie, denn er kam hastig wieder auf unser Geschäft zu reden, suchte von neuem nach dem Siegel, fand es endlich, bekräftigte die Urkunde und entließ mich dann bald ohne sonderliche Höflichkeit.

Ich ritt heim. Wie ich in der Dämmerung meines Weges trabte, stiegen mit den Düften der Frühlingserde die Bilder der Vergangenheit vor mir auf mit einer so drängenden Gewalt, in einer solchen Frische, in so scharfen und einschneidenden Zügen, daß sie mich peinigten.

Das Schicksal Wilhelm Boccards war mit dem meinigen aufs engste verflochten, zuerst auf eine freundliche, dann auf eine fast schreckliche Weise. Ich habe ihn in den Tod gezogen. Und doch, sosehr mich dies drückt, kann ich es nicht bereuen und müßte wohl heute im gleichen Falle wieder so handeln, wie ich es mit zwanzig Jahren tat. Immerhin setzte mir die Erinnerung der alten Dinge so zu, daß ich mit mir einig wurde, den ganzen Verlauf dieser wundersamen Geschichte schriftlich niederzulegen und so mein Gemüt zu erleichtern.

ZWEITES KAPITEL

Ich bin im Jahre 1553 geboren und habe meinen Vater nicht gekannt, der wenige Jahre später auf den Wällen von St. Quentin fiel. Ursprünglich ein thüringisches Geschlecht, hatten meine Vorfahren von jeher in Kriegsdienst gestanden und waren manchem Kriegsherrn gefolgt. Mein Vater hatte sich besonders den Herzog Ulrich von Würtemberg verpflichtet, der ihm für treu geleistete Dienste ein Amt in seiner Grafschaft Mümpelgard anvertraute und eine Heirat mit einem Fräulein von Bern vermittelte, deren Ahn einst sein Gastfreund gewesen war, als Ulrich sich landesflüchtig in der Schweiz umtrieb. Es duldete meinen Vater jedoch nicht lange auf diesem ruhigen Posten, er nahm Dienst in Frankreich, das damals die Pikardie gegen England und Spanien verteidigen mußte. Dies war sein letzter Feldzug.

Meine Mutter folgte dem Vater nach kurzer Frist ins Grab, und ich wurde von einem mütterlichen Ohm aufgenommen, der seinen Sitz am Bieler See hatte und eine feine und eigentümliche Erscheinung war. Er mischte sich wenig in die öffentlichen Angelegenheiten, ja er verdankte es eigentlich nur seinem in die Jahrbücher von Bern glänzend eingetragenen Namen, daß er überhaupt auf Berner Boden geduldet wurde. Er gab sich nämlich von Jugend auf viel mit Bibelerklärung ab, in jener Zeit religiöser Erschütterung nichts Ungewöhnliches; aber er hatte, und das war das Ungewöhnliche, aus manchen Stellen des heiligen Buches, besonders aus der Offenbarung Johannis, die Überzeugung geschöpft, daß es mit der Welt zu Ende gehe und es deshalb nicht rätlich und ein eitles Werk sei, am Vorabend dieser durchgreifenden Krise eine neue Kirche zu gründen, weswegen er sich des ihm zuständigen Sitzes im Münster zu Bern beharrlich und grundsätzlich entschlug. Wie gesagt, nur seine Verborgenheit schützte ihn vor dem gestrengen Arm des geistlichen Regimentes.

Unter den Augen dieses harmlosen und liebenswürdigen Mannes wuchs ich – wo nicht ohne Zucht, doch ohne Rute – in ländlicher Freiheit auf. Mein Umgang waren die Bauernjungen des benachbarten Dorfes und dessen Pfarrer, ein strenger Calvinist, durch den mich mein Ohm mit Selbstverleugnung in der Landesreligion unterrichten ließ.

Die zwei Pfleger meiner Jugend stimmten in manchen Punkten nicht zusammen. Während der Theologe mit seinem Meister Calvin die Ewigkeit der Höllenstrafen als das unentbehrliche Fundament der Gottesfurcht ansah, getröstete sich der Laie der einstigen Versöhnung und fröhlichen Wiederbringung aller Dinge. Meine Denkkraft übte sich mit Genuß an der herben Konsequenz der calvinischen Lehre und bemächtigte sich ihrer, ohne eine Masche des festen Netzes fallen zu lassen; aber mein Herz gehörte sonder Vorbehalt dem Oheim. Seine Zukunftsbilder beschäftigten mich wenig, nur einmal gelang es ihm, mich zu verblüffen. Ich nährte seit langem den Wunsch, einen wilden jungen Hengst, den ich in Biel gesehen, einen prächtigen Falben, zu besitzen, und näherte mich mit diesem großen Anliegen auf der Zunge eines Morgens meinem in ein Buch vertieften Oheim, eine Weigerung befürchtend, nicht wegen des hohen Preises, wohl aber wegen der landeskundigen Wildheit des Tieres, das ich zu schulen wünschte. Kaum hatte ich den Mund geöffnet, als er mit seinen leuchtend blauen Augen mich scharf betrachtete und mich feierlich anredete: »Weißt du, Hans, was das fahle Pferd bedeutet, auf dem der Tod sitzt?« –

Ich verstummte vor Erstaunen über die Sehergabe meines Oheims; aber ein Blick in das vor ihm aufgeschlagene Buch belehrte mich, daß er nicht von meinem Falben, sondern von einem der vier apokalyptischen Reiter sprach.

Der gelehrte Pfarrer unterwies mich zugleich in der Mathematik und sogar in den Anfängen der Kriegswissenschaft, soweit sie sich aus den bekannten Handbüchern schöpfen läßt; denn er war in seiner Jugend als Student in Genf mit auf die Wälle und ins Feld gezogen.

Es war eine ausgemachte Sache, daß ich mit meinem siebzehnten Jahre in Kriegsdienste zu treten habe; auch das war für mich keine Frage, unter welchem Feldherrn ich meine ersten Waffenjahre verbringen würde. Der Name des großen Coligny erfüllte damals die ganze Welt. Nicht seine Siege, deren hatte er keinen erfochten, sondern seine Niederlagen, welchen er durch Feldherrnkunst und Charaktergröße den Wert von Siegen zu geben wußte, hatten ihn aus allen lebenden Feldherrn hervorgehoben, wenn man ihm nicht den spanischen Alba an die Seite setzen wollte;

diesen aber haßte ich wie die Hölle. Nicht nur war mein tapferer Vater treu und trotzig zum protestantischen Glauben gestanden, nicht nur hatte mein bibelkundiger Ohm vom Papsttum einen übeln Begriff und meinte es in der Babylonerin der Offenbarung vorgebildet zu sehn, sondern ich selbst fing an mit warmem Herzen Partei zu nehmen. Hatte ich doch schon als Knabe mich in die protestantische Heerschar eingereiht, als es im Jahre 1567 galt, die Waffen zu ergreifen, um Genf gegen einen Handstreich Albas zu sichern, der sich aus Italien längs der Schweizer Grenze nach den Niederlanden durchwand. Den Jüngling litt es kaum mehr in der Einsamkeit von Chaumont, so hieß der Sitz meines Oheims.

Im Jahre 1570 gab das Pazifikationsedikt von St. Germain en Laye den Hugenotten in Frankreich Zutritt zu allen Ämtern, und Coligny, nach Paris gerufen, beriet mit dem König, dessen Herz er, wie die Rede ging, vollständig gewonnen hatte, den Plan eines Feldzugs gegen Alba zur Befreiung der Niederlande. Ungeduldig erwartete ich die jahrelang sich verzögernde Kriegserklärung, die mich zu Colignys Scharen rufen sollte; denn seine Reiterei bestand von jeher aus Deutschen, und der Name meines Vaters mußte ihm aus früheren Zeiten bekannt sein.

Aber diese Kriegserklärung wollte noch immer nicht kommen, und zwei ärgerliche Erlebnisse sollten mir die letzten Tage in der Heimat verbittern.

Als ich eines Abends im Mai mit meinem Ohm unter der blühenden Hoflinde das Vesperbrot verzehrte, erschien vor uns in ziemlich kriechender Haltung und schäbiger Kleidung ein Fremder, dessen unruhige Augen und gemeine Züge auf mich einen unangenehmen Eindruck machten. Er empfahl sich der gnädigen Herrschaft als Stallmeister, was in unsern Verhältnissen nichts andres als Reitknecht bedeutete, und schon war ich im Begriff, ihn kurz abzuweisen, denn mein Ohm hatte ihm bis jetzt keine Aufmerksamkeit geschenkt, als der Fremdling mir alle seine Kenntnisse und Fertigkeiten herzuzählen begann.

»Ich führe die Stoßklinge«, sagte er, »wie wenige und kenne die hohe Fechtschule aus dem Fundament.« –

Bei meiner Entfernung von jedem städtischen Fechtboden empfand ich gerade diese Lücke meiner Ausbildung schmerzlich, und trotz meiner instinktiven Abneigung gegen den Ankömmling ergriff ich die Gelegenheit ohne Bedenken, zog den Fremden in meine Fechtkammer und gab ihm eine Klinge in die Hand, mit welcher er die meinige so vortrefflich meisterte, daß ich sogleich mit ihm abmachte und ihn in unsre Dienste nahm.

Dem Ohm stellte ich vor, wie günstig die Gelegenheit sei, noch im letzten Augenblick vor der Abreise den Schatz meiner ritterlichen Kenntnisse zu bereichern.

Von nun an brachte ich mit dem Fremden – er bekannte sich zu böhmischer Abkunft – Abend um Abend, oft bis zu später Stunde, in der Waffenkammer zu, die ich mit zwei Mauerlampen möglichst erleuchtete. Leicht erlernte ich Stoß, Parade, Finte, und bald führte ich, theoretisch vollkommen fest, die ganze Schule richtig und zur Befriedigung meines Lehrers durch; dennoch brachte ich diesen in helle Verzweiflung dadurch, daß es mir unmöglich war, eine gewisse angeborene Gelassenheit loszuwerden, welche er Langsamkeit schalt und mit seiner blitzschnell zuckenden Klinge spielend besiegte.

Um mir das mangelnde Feuer zu geben, verfiel er auf ein seltsames Mittel. Er nähte sich auf sein Fechtwams ein Herz von rotem Leder, das die Stelle des pochenden anzeigte und auf welches er im Fechten mit der Linken höhnisch und herausfordernd hinwies. Dazu stieß er mannigfache Kriegsrufe aus, am häufigsten: »Alba hoch! – Tod den niederländischen Rebellen!« – oder auch: »Tod dem Ketzer Coligny! An den Galgen mit ihm!« – Obwohl mich diese Rufe im Innersten empörten und mir den Menschen noch widerlicher machten, als er mir ohnehin war, gelang es mir nicht, mein Tempo zu beschleunigen, da ich schon als pflichtschuldig Lernender ein Maß von Behendigkeit aufgewendet hatte, das sich nun einmal nicht überschreiten ließ. Eines Abends, als der Böhme gerade ein fürchterliches Geschrei anhob, trat mein Oheim besorgt durch die Seitentüre ein, zu sehen, was es gäbe, zog sich aber gleich entsetzt zurück, da er meinen Gegner mit dem Ausruf: »Tod den Hugenotten!« mir einen derben Stoß mitten auf die Brust versetzen sah, der mich, galt es Ernst, durchbohrt hätte.

Am nächsten Morgen, als wir unter unsrer Linde frühstückten, hatte der Ohm etwas auf dem Herzen, und ich denke, es war der Wunsch, sich des unheimlichen Hausgenossen zu entledigen, als von dem Bieler Stadtboten ein Schreiben mit einem großen Amtssiegel überbracht wurde. Der Ohm öffnete es, runzelte im Lesen die Stirn und reichte es mir mit den Worten: »Da haben wir die Bescherung! – Lies, Hans, und dann wollen wir beraten, was zu tun sei.«

Da stand nun zu lesen, daß ein Böhme, der sich vor einiger Zeit in Stuttgart als Fechtmeister niedergelassen, sein Weib, eine geborene Schwäbin, aus Eifersucht meuchlerisch erstochen; daß man in Erfahrung gebracht, der Täter habe sich nach der Schweiz geschlagen, ja, daß man ihn oder jemand, der ihm zum Verwechseln gleiche, im Dienste des Herrn zu Chaumont wolle gesehen haben; daß man diesen, dem in Erinnerung des seligen Schadau, seines Schwagers, der Herzog Christoph sonderlich gewogen sei, dringend ersuche, den Verdächtigen zu verhaften, selbst ein erstes Verhör vorzunehmen und bei bestätigtem Verdachte den Schuldigen an die Grenze liefern zu lassen. Unterzeichnet und besiegelt war das Schreiben von dem herzoglichen Amte in Stuttgart.

Während ich das Aktenstück las, blickte ich nachdenkend einmal darüber hinweg nach der Kammer des Böhmen, die sich, im Giebel des Schlosses gelegen, mit dem Auge leicht erreichen ließ, und sah ihn am Fenster beschäftigt, eine Klinge zu putzen. Entschlossen, den Übeltäter festzunehmen und der Gerechtigkeit zu überliefern, erhob ich doch unwillkürlich das Schreiben in der Weise, daß ihm das große, rote Siegel, wenn er gerade herunterlauerte, sichtbar wurde – seinem Schicksal eine kleine Frist gebend, ihn zu retten.

Dann erwog ich mit meinem Ohm die Festnehmung und den Transport des Schuldigen; denn daß er dieses war, daran zweifelten wir beide keinen Augenblick.

Hierauf stiegen wir, jeder ein Pistol in der Hand, auf die Kammer des Böhmen. Sie war leer; aber durch das offene Fenster über die Bäume des Hofes weg – weit in der Ferne, wo sich der Weg um den Hügel wendet, sahn wir einen Reiter galoppieren, und jetzt, beim Hinuntersteigen, trat uns der Bote von Biel, der das Schreiben überbracht hatte, jammernd entgegen, er suche vergeblich sein Roß, welches er am hintern Hoftor angebunden, während ihm selbst in der Küche ein Trunk gereicht wurde.

Zu dieser leidigen Geschichte, die im Lande viel Aufsehn erregte und im Munde der Leute eine abenteuerliche Gestalt gewann, kam noch ein anderer Unfall, der machte, daß meines Bleibens daheim nicht länger sein konnte.

Ich ward auf eine Hochzeit nach Biel geladen, wo ich, da das Städtchen kaum eine Stunde entfernt liegt, manche, wenn auch nur flüchtige Beziehungen hatte. Bei meiner ziemlich abgeschlossenen Lebensweise galt ich für stolz, und mit meinen Gedanken in der nahen Zukunft, die mich, wenn auch in bescheidenster Stellung, in die großen Geschicke der protestantischen Welt verflechten sollte, konnte ich den innern Händeln und dem Stadtklatsch der kleinen Republik Biel kein Interesse abgewinnen. So lächelte mir diese Einladung nicht besonders, und nur das Drängen meines ebenso zurückgezogenen, doch dabei leutseligen Oheims bewog mich, der Einladung Folge zu leisten.

Den Frauen gegenüber war ich schüchtern. Von kräftigem Körperbau und ungewöhnlicher Höhe des Wuchses, aber unschönen Gesichtszügen, fühlte ich wohl, wenn ich mir davon auch nicht Rechenschaft gab, daß ich die ganze Summe meines Herzens auf *eine* Nummer zu setzen habe, und die Gelegenheit dazu, so schwebte mir dunkel vor, mußte sich in der Umgebung meines Helden finden. Auch stand bei mir fest, daß ein volles Glück mit vollem Einsatz, mit dem Einsatze des Lebens wolle gewonnen sein.

Unter meinen jugendlichen Bewunderungen nahm neben dem großen Admiral sein jüngerer Bruder Dandelot die erste Stelle ein, dessen weltkundige, stolze Brautfahrt meine Einbildungskraft entzündete. Seine Flamme, ein lothringisches Fräulein, hatte er vor den Augen seiner katholischen Todfeinde, der Guisen, aus ihrer Stadt Nancy weggeführt, in festlichem Zuge unter Drommetenschall dem herzoglichen Schlosse vorüberreitend.

Etwas Derartiges wünschte ich mir vorbestimmt.

Ich machte mich also nüchternen und verdrossenen Herzens nach Biel auf den Weg. Man war höchst zuvorkommend gegen mich und gab mir meinen Platz an der Tafel neben einem liebenswürdigen Mädchen. Wie es schüchternen Menschen zu gehen pflegt, geriet ich, um jedem Verstummen vorzubeugen, in das entgegengesetzte Fahrwasser, und um nicht unhöflich zu erscheinen, machte ich meiner Nachbarin lebhaft den Hof. Uns gegenüber saß der Sohn des Schultheißen, eines vornehmen Spezereihändlers, der an der Spitze der aristokratischen Partei stand; denn das kleine Biel hatte gleich größeren Republiken seine Aristokraten und Demokraten. Franz Godillard, so hieß der junge

Mann, der vielleicht Absichten auf meine Nachbarin haben mochte, verfolgte unser Gespräch, ohne daß ich anfänglich dessen gewahr wurde, mit steigendem Interesse und feindseligen Blicken.

Da fragte mich das hübsche Mädchen, wann ich nach Frankreich zu ziehen gedächte.

»Sobald der Krieg erklärt ist gegen den Bluthund Alba!« erwiderte ich eifrig.

»Man dürfte von einem solchen Manne in weniger respektwidrigen Ausdrücken reden!« warf mir Godillard über den Tisch zu.

– »Ihr vergeßt wohl«, entgegnete ich, »die mißhandelten Niederländer! Keinen Respekt ihrem Unterdrücker, und wäre er der größte Feldherr der Welt!«

– »Er hat Rebellen gezüchtigt«, war die Antwort, »und ein heilsames Beispiel auch für unsre Schweiz gegeben.«

– »Rebellen!« schrie ich und stürzte ein Glas feurigen Cortaillod hinunter. »So gut oder so wenig Rebellen als die Eidgenossen auf dem Rütli!« –

Godillard nahm eine hochmütige Miene an, zog die Augenbrauen erst mit Wichtigkeit in die Höhe und versetzte dann grinsend: »Untersucht einmal ein gründlicher Gelehrter die Sache, wird es sich vielleicht weisen, daß die aufrührerischen Bauern der Waldstätte gegen Österreich schwer im Unrecht und offener Rebellion schuldig waren. Übrigens gehört das nicht hieher; ich behaupte nur, daß es einem jungen Menschen ohne Verdienst, ganz abgesehen von jeder politischen Meinung, übel ansteht, einen berühmten Kriegsmann mit Worten zu beschimpfen.«

Dieser Hinweis auf die unverschuldete Verzögerung meines Kriegsdienstes empörte mich aufs tiefste, die Galle lief mir über und: »Ein Schurke!« rief ich aus, »wer den Schurken Alba in Schutz nimmt!«

Jetzt entstand ein sinnloses Getümmel, aus welchem Godillard mit zerschlagenem Kopfe weggetragen wurde und ich mich mit blutender, vom Wurf eines Glases zerschnittener Wange zurückzog.

Am Morgen erwachte ich in großer Beschämung, voraussehend, daß ich, ein Verteidiger der evangelischen Wahrheit, in den Ruf eines Trunkenboldes geraten würde.

Ohne langes Besinnen packte ich meinen Mantelsack, beurlaubte mich bei dem Oheim, dem ich mein Mißgeschick andeutete und der nach einigem Hin- und Herreden sich damit einverstanden erklärte, daß ich den Ausbruch des Krieges in Paris erwarten möge, steckte eine Rolle Gold aus dem kleinen Erbe meines Vaters zu mir, bewaffnete mich, sattelte meinen Falben und machte mich auf den Weg nach Frankreich.

DRITTES KAPITEL

Ich durchzog ohne nennenswerte Abenteuer die Freigrafschaft und Burgund, erreichte den Lauf der Seine und näherte mich eines Abends den Türmen von Melun, die noch eine kleine Stunde entfernt liegen mochten, über denen aber ein schweres Gewitter hing. Ein Dorf durchreitend, das an der Straße lag, erblickte ich auf der steinernen Hausbank der nicht unansehnlichen Herberge zu den drei Lilien einen jungen Mann, welcher wie ich ein Reisender und ein Kriegsmann zu sein schien, dessen Kleidung und Bewaffnung aber eine Eleganz zeigte, von welcher meine schlichte calvinistische Tracht gewaltig abstach. Da es in meinem Reiseplan lag, vor Nacht Melun zu erreichen, erwiderte ich seinen Gruß nur flüchtig, ritt vorüber und glaubte noch den Ruf: »Gute Reise, Landsmann!« hinter mir zu vernehmen.

Eine Viertelstunde trabte ich beharrlich weiter, während das Gewitter mir schwarz entgegenzog, die Luft unerträglich dumpf wurde und kurze, heiße Windstöße den Staub der Straße in Wirbeln aufjagten. Mein Roß schnaubte. Plötzlich fuhr ein blendender und krachender Blitzstrahl wenige Schritte vor mir in die Erde. Der Falbe stieg, drehte sich und jagte in wilden Sprüngen gegen das Dorf zurück, wo es mir endlich unter strömendem Regen vor dem Tore der Herberge gelang, des geängsteten Tieres Herr zu werden.

Der junge Gast erhob sich lächelnd von der durch das Vordach geschützten Steinbank, rief den Stallknecht, war mir beim Abschnallen des Mantelsacks behilflich und sagte: »Laßt es Euch nicht reuen, hier zu nächtigen, Ihr findet vortreffliche Gesellschaft.«

»Daran zweifle ich nicht!« versetzte ich grüßend.

– »Ich spreche natürlich nicht von mir«, fuhr er fort, »sondern von einem alten, ehrwürdigen Herrn, den die Wirtin Herr Parlamentrat nennt – also ein hoher Würdeträger – und von seiner Tochter oder Nichte, einem ganz unvergleichlichen Fräulein . . . Öffnet dem Herrn ein Zimmer!« Dies sprach er zu dem herantretenden Wirt, »und Ihr, Herr Landsmann, kleidet Euch rasch um und laßt uns nicht warten, denn der Abendtisch ist gedeckt.« –

»Ihr nennt mich Landsmann?« entgegnete ich französisch, wie er mich angeredet hatte. »Woran erkennt Ihr mich als solchen?« –

»An Haupt und Gliedern!« versetzte er lustig. »Vorerst seid Ihr ein Deutscher, und an Eurem ganzen festen und gesetzten Wesen erkenne ich den Berner. Ich aber bin Euer treuer Verbündeter von Fryburg und nenne mich Wilhelm Boccard.« –

Ich folgte dem voranschreitenden Wirte in die Kammer, die er mir anwies, wechselte die Kleider und stieg hinunter in die Gaststube, wo ich erwartet war. Boccard trat auf mich zu, ergriff mich bei der Hand und stellte mich einem ergrauten Herrn von feiner Erscheinung und einem schlanken Mädchen im Reitkleide vor mit den Worten: »Mein Kamerad und Landsmann ...«, dabei sah er mich fragend an.

»Schadau von Bern«, schloß ich die Rede.

»Es ist mir höchst angenehm«, erwiderte der alte Herr verbindlich, »mit einem jungen Bürger der berühmten Stadt zusammenzutreffen, der meine Glaubensbrüder in Genf so viel zu danken haben. Ich bin der Parlamentrat Chatillon, dem der Religionsfriede erlaubt, nach seiner Vaterstadt Paris zurückzukehren.«

»Chatillon?« wiederholte ich in ehrfurchtsvoller Verwunderung. »Das ist der Familienname des großen Admirals.«

»Ich habe nicht die Ehre, mit ihm verwandt zu sein«, versetzte der Parlamentrat, »oder wenigstens nur ganz von fern; aber ich kenne ihn und bin ihm befreundet, soweit es der Unterschied des Standes und des persönlichen Wertes gestattet. Doch setzen wir uns, meine Herrschaften. Die Suppe dampft, und der Abend bietet noch Raum genug zum Gespräch.« –

Ein Eichentisch mit gewundenen Füßen vereinigte uns an seinen vier Seiten. Oben war dem Fräulein, zu ihrer Rechten und Linken dem Rat und Boccard und mir am untern Ende der Tafel das Gedeck gelegt. Nachdem unter den üblichen Erkundigungen und Reisegesprächen das Mahl beendigt und zu einem bescheidenen Nachtisch das perlende Getränk der benachbarten Champagne aufgetragen war, fing die Rede an zusammenhängender zu fließen.

»Ich muß es an Euch loben, Ihr Herren Schweizer«, begann der Rat, »daß Ihr nach kurzen Kämpfen gelernt habt, Euch auf kirchlichem Gebiete friedlich zu vertragen. Das ist ein Zeichen von billigem Sinn und gesundem Gemüt, und mein unglückliches Vaterland könnte sich an Euch ein Beispiel nehmen. – Werden wir denn nie lernen, daß sich die Gewissen nicht meistern lassen und daß ein Protestant sein Vaterland so glühend lieben, so mutig verteidigen und seinen Gesetzen so gehorsam sein kann als ein Katholik!«

»Ihr spendet uns zu reichliches Lob!« warf Boccard ein. »Freilich vertragen wir Katholiken und Protestanten uns im Staate leidlich; aber die Geselligkeit ist durch die Glaubensspaltung völlig verdorben. In früherer Zeit waren wir von Fryburg mit denen von Bern vielfach verschwägert. Das hat nun aufgehört, und langjährige Bande sind zerschnitten. Auf der Reise«, fuhr er scherzend zu mir gewendet fort, »sind wir uns noch zuweilen behilflich; aber zu Hause grüßen wir uns kaum.

Laßt mich Euch erzählen: Als ich auf Urlaub in Fryburg war – ich diene unter den Schweizern seiner Allerchristlichsten Majestät –, wurde gerade die Milchmesse auf den Plaffeyer Alpen gefeiert, wo mein Vater begütert ist und auch die Kirchberge von Bern ein Weidrecht besitzen. Das war ein trübseliges Fest. Der Kirchberg hatte seine Töchter, vier stattliche Bernerinnen, mitgebracht, die ich, als wir Kinder waren, auf der Alp alljährlich im Tanze schwenkte. Könnt Ihr glauben, daß nach beendigtem Ehrentanze die Mädchen mitten unter den läutenden Kühen ein theologisches Gespräch begannen und mich, der ich mich nie viel um diese Dinge bekümmert habe, einen Götzendiener und Christenverfolger schalten, weil ich auf den Schlachtfeldern von Jarnac und Moncontour gegen die Hugenotten meine Pflicht getan?«

»Religionsgespräche«, begütigte der Rat, »liegen jetzt eben in der Luft; aber warum sollte man sie nicht mit gegenseitiger Achtung führen und in versöhnlichem Geiste sich verständigen können? So bin ich versichert, Herr Boccard, daß Ihr mich wegen meines evangelischen Glaubens nicht zum Scheiterhaufen verdammt und daß Ihr nicht der letzte seid, die Grausamkeit zu verwerfen, mit der die Calvinisten in meinem armen Vaterlande lange Zeit behandelt worden sind.«

»Seid davon überzeugt!« erwiderte Boccard. »Nur dürft Ihr nicht vergessen, daß man das Alte und Hergebrachte in Staat und Kirche nicht grausam nennen darf, wenn es sein Dasein mit allen Mitteln verteidigt. Was übrigens die Grausamkeiten betrifft, so weiß ich keine grausamere Religion als den Calvinismus.«

»Ihr denkt an Servet?« – sagte der Rat mit leiser Stimme, während sich sein Antlitz trübte.

»Ich dachte nicht an menschliche Strafgerichte«, versetzte Boccard, »sondern an die göttliche Gerechtigkeit, wie sie der finstere neue Glaube verunstaltet. Wie gesagt, ich verstehe nichts von der Theologie, aber mein Ohm, der Chorherr in Fryburg, ein glaubwürdiger und gelehrter Mann, hat mich versichert, es sei ein calvinistischer Satz, daß, eh' es Gutes oder Böses getan hat, das Kind schon in der Wiege zur ewigen Seligkeit bestimmt oder der Hölle verfallen sei. Das ist zu schrecklich, um wahr zu sein!«

»Und doch ist es wahr«, sagte ich, des Unterrichts meines Pfarrers mich erinnernd, »schrecklich oder nicht, es ist logisch!«

»Logisch?« fragte Boccard. »Was ist logisch?«

»Was sich nicht selbst widerspricht«, ließ sich der Rat vernehmen, den mein Eifer zu belustigen schien.

»Die Gottheit ist allwissend und allmächtig«, fuhr ich mit Siegesgewißheit fort, »was sie voraussieht und nicht hindert, ist ihr Wille, demnach ist allerdings unser Schicksal schon in der Wiege entschieden.«

»Ich würde Euch das gern umstoßen«, sagte Boccard, »wenn ich mich jetzt nur auf das Argument meines Oheims besinnen könnte! Denn er hatte ein treffliches Argument dagegen ...«

»Ihr tätet mir einen Gefallen«, meinte der Rat, »wenn es Euch gelänge, Euch dieses trefflichen Argumentes zu erinnern.« –

Der Fryburger schenkte sich den Becher voll, leerte ihn langsam und schloß die Augen. Nach einigem Besinnen sagte er heiter: »Wenn die Herrschaften geruhn, mir nichts einzuwerfen und mich meine Gedanken ungestört entwickeln zu lassen, so hoff ich nicht übel zu bestehn. Angenommen also, Herr Schadau, Ihr wäret von Eurer calvinistischen Vorsehung seit der Wiege zur Hölle verdammt – doch bewahre mich Gott vor solcher Unhöflichkeit – gesetzt denn, ich wäre im voraus verdammt; aber ich bin ja, Gott sei Dank, kein Calvinist...« Hierauf nahm er einige Krumen des vortrefflichen Weizenbrotes, formte sie mit den Fingern zu einem Männchen, das er auf seinen Teller setzte mit den Worten: »Hier steht ein von Geburt an zur Hölle verdammter Calvinist. Nun gebt acht, Schadau! – Glaubt Ihr an die zehn Gebote?«

»Wie, Herr?« fuhr ich auf.

»Nun, nun, man darf doch fragen. Ihr Protestanten habt so manches Alte abgeschafft! Also Gott befiehlt diesem Calvinisten: Tue das! Unterlasse jenes! Ist solches Gebot nun nicht eitel böses Blendwerk, wenn der Mann zum voraus bestimmt ist, das Gute nicht tun zu können und das Böse tun zu müssen? Und einen solchen Unsinn mutet Ihr der höchsten Weisheit zu? Nichtig ist das, wie dies Gebilde meiner Finger!«, und er schnellte das Brotmännchen in die Höhe.

»Nicht übel!« meinte der Rat.

Während Boccard seine innere Genugtuung zu verbergen suchte, musterte ich eilig meine Gegengründe; aber ich wußte in diesem Augenblicke nichts Triftiges zu antworten und sagte mit einem Anfluge unmutiger Beschämung: »Das ist ein dunkler, schwerer Satz, der sich nicht leichthin erörtern läßt. Übrigens ist seine Behauptung nicht unentbehrlich, um den Papismus zu verwerfen, dessen augenfällige Mißbräuche Ihr selbst, Boccard, nicht leugnen könnt. Denkt an die Unsitten der Pfaffen!«

»Es gibt schlimme Vögel unter ihnen«, nickte Boccard.

»Der blinde Autoritätsglaube ...«

»Ist eine Wohltat für menschliche Schwachheit«, unterbrach er mich, »muß es doch in Staat und Kirche wie in dem kleinsten Rechtshandel eine letzte Instanz geben, bei der man sich beruhigen kann!«

»Die wundertätigen Reliquien!«

»Heilten der Schatten St. Petri und die Schweißtüchlein St. Pauli Kranke«, versetzte Boccard mit großer Gelassenheit, »warum sollten nicht auch die Gebeine der Heiligen Wunder wirken?«

»Dieser alberne Mariendienst ...«

Kaum war das Wort ausgesprochen, so veränderte sich das helle Angesicht des Fryburgers, das Blut stieg ihm mit Gewalt zu Haupte, zornrot sprang er vom Sessel auf, legte die Hand an den Degen und rief mir zu: »Wollt Ihr mich persönlich beleidigen? Ist das Eure Absicht, so zieht!«

Auch das Fräulein hatte sich bestürzt von seinem Sitze erhoben und der Rat streckte beschwichtigend beide Hände nach dem Fryburger aus. Ich erstaunte, ohne die Fassung zu verlieren, über die ganz unerwartete Wirkung meiner Worte.

»Von einer persönlichen Beleidigung kann nicht die Rede sein«, sagte ich ruhig. »Wie konnte ich ahnen, daß Ihr, Boccard, der in jeder Äußerung den Mann von Welt und Bildung bekundet und der, wie Ihr selbst sagt, gelassen über religiöse Dinge denkt, in diesem einzigen Punkte eine solche Leidenschaft an den Tag legen würdet.«

»So wisset Ihr denn nicht, Schadau, was im ganzen Gebiete von Fryburg und weit darüber hinaus bekannt ist, daß Unsere liebe Frau von Einsiedeln ein Wunder an mir Unwürdigem getan hat?«

»Nein, wahrlich nicht«, erwiderte ich. »Setzt Euch, lieber Boccard, und erzählt uns das.«

»Nun, die Sache ist weltkundig und abgemalt auf einer Votivtafel im Kloster selbst.

In meinem dritten Jahre befiel mich eine schwere Krankheit und ich blieb infolge derselben an allen Gliedern gelähmt. Alle erdenklichen Mittel wurden vergeblich angewendet, aber kein Arzt wußte Rat. Endlich tat meine liebe gute Mutter barfuß für mich eine Wallfahrt nach Einsiedeln. Und, siehe da, es geschah ein Gnadenwunder! Von Stund an ging es besser mit mir, ich erstarkte und gedieh und bin heute, wie Ihr seht, ein Mann von gesunden und geraden Gliedern! Nur der guten Dame von Einsiedeln danke ich es, wenn ich heute meiner Jugend froh bin und nicht als ein unnützer, freudeloser Krüppel mein Herz in Gram verzehre. So werdet Ihr es begreifen, liebe Herrn, und natürlich finden, daß ich meiner Helferin zeitlebens zu Dank verbunden und herzlich zugetan bleibe.«

Mit diesen Worten zog er eine seidene Schnur, die er um den Hals trug und an der ein Medaillon hing, aus dem Wams hervor und küßte es mit Inbrunst.

Herr Chatillon, der ihn mit einem seltsamen Gemisch von Spott und Rührung betrachtete, begann nun in seiner verbindlichen Weise: »Aber glaubt Ihr wohl, Herr Boccard, daß jede Madonna diese glückliche Kur an Euch hätte verrichten können?«

»Nicht doch!« versetzte Boccard lebhaft, »die Meinigen versuchten es an manchem Gnadenorte, bis sie an die rechte Pforte klopften. Die liebe Frau von Einsiedeln ist eben einzig in ihrer Art.«

»Nun«, fuhr der alte Franzose lächelnd fort, »so wird es leicht sein, Euch mit Euerm Landsmanne zu versöhnen, wenn dies bei Euerm wohlwollenden Gemüt und heitern Naturell, wovon Ihr uns allen schon Proben gegeben habt, noch notwendig sein sollte. Herr Schadau wird seinem harten Urteile über den Mariendienst in Zukunft nicht vergessen, die Klausel anzuhängen: mit ehrenvoller Ausnahme der lieben Frau von Einsiedeln.«

»Dazu bin ich gerne bereit«, sagte ich, auf den Ton des alten Herrn eingehend, freilich nicht ohne eine innere Wallung gegen seinen Leichtsinn.

Da ergriff der gutmütige Boccard meine Hand und schüttelte sie treuherzig. Das Gespräch nahm eine andere Wendung, und bald erhob sich der junge Fryburger, gute Nacht wünschend und sich beurlaubend, da er morgen in der ersten Frühe aufzubrechen gedenke.

Nun erst, da das erregte Hin- und Herreden ein Ende genommen hatte, richtete ich meine Blicke aufmerksamer auf das junge Mädchen, das unserm Gespräch stillschweigend mit großer Spannung gefolgt war, und erstaunte über ihre Unähnlichkeit mit ihrem Vater oder Oheim. Der alte Rat hatte ein fein geschnittenes, fast furchtsames Gesicht, welches kluge, dunkle Augen bald wehmütig, bald spöttisch, immer geistvoll beleuchteten; die junge Dame dagegen war blond, und ihr unschuldiges, aber entschlossenes Antlitz beseelten wunderbar strahlende blaue Augen.

»Darf ich Euch fragen, junger Mann«, begann der Parlamentrat, »was Euch nach Paris führt? Wir sind Glaubensgenossen, und wenn ich Euch einen Dienst leisten kann, so verfügt über mich.«

»Herr«, erwiderte ich, »als Ihr den Namen Chatillon ausspracht, geriet mein Herz in Bewegung. Ich bin ein Soldatenkind und will den Krieg, mein väterliches Handwerk, erlernen. Ich bin ein eifriger Protestant und möchte für die gute Sache so viel tun, als in meinen Kräften steht. Diese beiden Ziele habe ich erreicht, wenn mir vergönnt ist, unter den Augen des Admirals zu dienen und zu fechten. Könnt Ihr mir dazu verhelfen, so erweist Ihr mir den größten Dienst.« –

Jetzt öffnete das Mädchen den Mund und fragte: »Habt Ihr denn eine so große Verehrung für den Herrn Admiral?«

»Er ist der erste Mann der Welt!« antwortete ich feurig. –

»Nun, Gasparde«, fiel der Alte ein, »bei so vortrefflichen Gesinnungen dürftest du für den jungen Herrn ein Fürwort bei deinem Paten einlegen.«

»Warum nicht?« sagte Gasparde ruhig, »wenn er so brav ist, wie er das Aussehen hat. Ob aber mein Fürwort fruchten wird, das ist die Frage. Der Herr Admiral ist jetzt, am Vorabend des flandrischen Krieges, vom Morgen bis in die Nacht in Anspruch genommen, belagert, ruhelos, und ich weiß nicht, ob nicht schon alle Stellen vergeben sind, über die er zu verfügen hat. Bringt Ihr nicht eine Empfehlung mit, die besser wäre als die meinige?«

»Der Name meines Vaters«, versetzte ich etwas eingeschüchtert, »ist vielleicht dem Admiral nicht unbekannt.« – Jetzt fiel mir aufs Herz, wie schwer es dem unempfohlenen Fremdling werden könnte, bei dem großen Feldherrn Zutritt zu erlangen, und ich fuhr niedergeschlagen fort: »Ihr habt recht, Fräulein, ich fühle, daß ich ihm wenig bringe: ein Herz und einen Degen, wie er über deren tausende gebietet. Lebte nur sein Bruder Dandelot noch! Der stünde mir näher, an den würde ich mich wagen! War er doch von Jugend auf in allen Dingen mein Vorbild: Kein Feldherr, aber ein tapferer Krieger; kein Staatsmann, aber ein standhafter Parteigenosse; kein Heiliger, aber ein warmes, treues Herz!« –

Während ich diese Worte sprach, begann Fräulein Gasparde zu meinem Erstaunen erst leise zu erröten, und ihre mir rätselhafte Verlegenheit steigerte sich, bis sie mit Rot wie übergossen war. Auch der alte Herr wurde sonderbarerweise verstimmt und sagte spitz:

»Was werdet Ihr wissen, ob Herr Dandelot ein Heiliger war oder nicht! Doch ich bin schläfrig, heben wir die Sitzung auf. Kommt Ihr nach Paris, Herr Schadau, so beehrt mich mit Euerm Besuche. Ich wohne auf der Insel St. Louis. Morgen werden wir uns wohl nicht mehr sehen. Wir halten Rasttag und bleiben in Melun. Jetzt aber schreibt mir noch Euern Namen in diese Brieftasche. So! Gehabt Euch wohl, gute Nacht.« –

VIERTES KAPITEL

Am zweiten Abende nach diesem Zusammentreffen ritt ich durch das Tor St. Honoré in Paris ein und klopfte müde, wie ich war, an die Pforte der nächsten, kaum hundert Schritte vom Tor entfernten Herberge.

Die erste Woche verging mir in der Betrachtung der mächtigen Stadt und im vergeblichen Aufsuchen eines Waffengenossen meines Vaters, dessen Tod ich erst nach mancher Anfrage in Erfahrung brachte. Am achten Tage machte ich mich mit pochendem Herzen auf den Weg nach der Wohnung des Admirals, die mir unfern vom Louvre in einer engen Straße gewiesen wurde.

Es war ein finsteres, altertümliches Gebäude, und der Pförtner empfing mich unfreundlich, ja mißtrauisch. Ich mußte meinen Namen auf ein Stück Papier schreiben, das er zu seinem Herrn trug, dann wurde ich eingelassen und trat durch ein großes Vorgemach, das mit vielen Menschen gefüllt war, Kriegern und Hofleuten, die den durch ihre Reihen Gehenden mit scharfen Blicken musterten, in das kleine Arbeitszimmer des Admirals. Er war mit Schreiben beschäftigt und winkte mir zu warten, während er einen Brief beendigte. Ich hatte Muße, sein Antlitz, welches sich mir durch einen gelungenen, ausdrucksvollen Holzschnitt, der bis in die Schweiz gelangt war, unauslöschlich eingeprägt, mit Rührung zu betrachten.

Der Admiral mochte damals fünfzig Jahre zählen, aber seine Haare waren schneeweiß, und eine fieberische Röte durchglühte die abgezehrten Wangen. Auf seiner mächtigen Stirn, auf den magern Händen traten die blauen Adern hervor, und ein furchtbarer Ernst sprach aus seiner Miene. Er schaute wie ein Richter in Israel.

Nachdem er sein Geschäft beendigt hatte, trat er zu mir in die Fensternische und heftete seine großen blauen Augen durchdringend auf die meinigen.

»Ich weiß, was Euch herführt«, sagte er, »Ihr wollt der guten Sache dienen. Bricht der Krieg aus, so gebe ich Euch eine Stelle in meiner deutschen Reiterei. Inzwischen – seid Ihr der Feder mächtig? Ihr versteht Deutsch und Französisch?« –

Ich verneigte mich bejahend.

»Inzwischen will ich Euch in meinem Kabinett beschäftigen. Ihr könnt mir nützlich sein! So seid mir denn willkommen. Ich erwarte Euch morgen um die achte Stunde. Seid pünktlich.« –

Nun entließ er mich mit einer Handbewegung, und wie ich mich vor ihm verbeugte, fügte er mit großer Freundlichkeit bei:

»Vergeßt nicht, den Rat Chatillon zu besuchen, mit dem Ihr unterwegs bekannt geworden seid.«

Als ich wieder auf der Straße war und dem Erlebten nachsinnend den Weg nach meiner Herberge einschlug, wurde mir klar, daß ich für den Admiral kein Unbekannter mehr war, und ich konnte nicht im Zweifel sein, wem ich es zu verdanken hatte. Die Freude, an ein ersehntes Ziel, das mir schwer zu erreichen schien, so leicht gelangt zu sein, war mir von guter Vorbedeutung für meine beginnende Laufbahn, und die Aussicht, unter den Augen des Admirals zu arbeiten, gab mir ein Gefühl von eigenem Wert, das ich bisher noch nicht gekannt hatte. Alle diese glücklichen Gedanken traten aber fast gänzlich zurück vor etwas, das mich zugleich anmutete und quälte, lockte und beunruhigte, etwas unendlich Fragwürdigem, von dem ich mir durchaus keine Rechenschaft zu geben wußte. Jetzt, nach langem vergeblichen Suchen, wurde es mir plötzlich klar. Es waren die Augen des Admirals, die mir nachgingen. Und warum verfolgten sie mich? Weil es *ihre* Augen waren. Kein Vater, keine Mutter konnten ihrem Kinde getreuer diesen Spiegel der Seele vererben! Ich geriet in eine unsagbare Verwirrung. Sollten, konnten ihre Augen von den seinigen abstammen? War das möglich? Nein, ich hatte mich getäuscht. Meine Einbildungskraft hatte mir eine Tücke gespielt, und um diese Gauklerin durch die Wirklichkeit zu widerlegen, beschloß ich, eilig in meine Herberge zurückzukehren und dann auf der Insel St. Louis meine Bekannten von den drei Lilien aufzusuchen.

Als ich eine Stunde später das hohe, schmale Haus des Parlamentrats betrat, das, dicht an der Brücke St. Michel gelegen, auf der einen Seite in die Wellen der Seine, auf der andern über eine Seitengasse hinweg in die gotischen Fenster einer kleinen Kirche blickte, fand ich die Türen des untern Stockwerks verschlossen, und als ich das zweite betrat, stand ich unversehens vor Gasparde, die an einer offenen Truhe beschäftigt schien.

»Wir haben Euch erwartet«, begrüßte sie mich, »und ich will Euch zu meinem Ohm führen, der sich freuen wird, Euch zu sehn.«

Der Alte saß behaglich im Lehnstuhle, einen großen Folianten durchblätternd, den er auf die dazu eingerichtete Seitenlehne stützte. Das weite Gemach war mit Büchern gefüllt, die in schön geschnitzten Eichenschränken standen. Statuetten, Münzen, Kupferstiche bevölkerten, jedes an der geeigneten Stelle, diese friedliche Gedankenstätte. Der gelehrte Herr hieß mich, ohne sich zu erheben, einen Sitz an seine Seite rücken, grüßte mich als alten Bekannten und vernahm mit sichtlicher Freude den Bericht über meinen Eintritt in die Bedienung des Admirals.

»Gebe Gott, daß es ihm diesmal gelinge!« sagte er. »Uns Evangelischen, die wir leider am Ende doch nur eine Minderheit unter der Bevölkerung unserer Heimat sind, ohne verruchten Bürgerkrieg Luft zu schaffen, gab es zwei Wege, *nur* zwei Wege: entweder auswandern über den Ozean in das von Kolumbus entdeckte Land – diesen Gedanken hat der Admiral lange Jahre in seinem Gemüte bewegt und, hätten sich nicht unerwartete Hindernisse dagegen erhoben, wer weiß! – oder das Nationalgefühl entflammen und einen großen, der Menschheit heilbringenden auswärtigen Krieg führen, wo Katholik und Hugenott Seite an Seite fechtend in der Vaterlandsliebe zu Brüdern werden und ihren Religionshaß verlernen könnten. Das will der Admiral jetzt, und mir, dem Manne des Friedens, brennt der Boden unter den Füßen, bis der Krieg erklärt ist! Die Niederlande vom spanischen Joche befreiend werden unsre Katholiken widerwillig in die Strömung der Freiheit gerissen werden. Aber es eilt! Glaubt mir, Schadau, über Paris brütet eine dumpfe Luft. Die Guisen suchen einen Krieg zu vereiteln, der den jungen König selbständig und sie entbehrlich machen würde. Die Königin Mutter ist zweideutig – durchaus keine Teufelin, wie die Heißsporne unsrer Partei sie schildern, aber sie windet sich durch von heute auf morgen, selbstsüchtig nur auf das Interesse ihres Hauses bedacht. Gleichgültig gegen den Ruhm Frankreichs, ohne Sinn für Gutes und Böses, hält sie das Entgegengesetzte in ihren Händen, und der Zufall kann die Wahl entscheiden. Feig und unberechenbar, wie sie ist, wäre sie freilich des Schlimmsten fähig! – Der Schwerpunkt liegt in dem Wohlwollen des jungen Königs für Coligny, und dieser König ...« hier seufzte Chatillon, »nun, ich will Euerm Urteil nicht vorgreifen! Da er den Admiral nicht selten besucht, so werdet Ihr mit eignen Augen sehen.«

Der Greis schaute vor sich hin, dann plötzlich den

Gegenstand des Gesprächs wechselnd und den Titel des Folianten aufblätternd frug er mich: »Wißt Ihr, was ich da lese? Seht einmal!«

Ich las in lateinischer Sprache: Die Geographie des Ptolemäus, herausgegeben von Michael Servetus.

»Doch nicht der in Genf verbrannte Ketzer?« frug ich bestürzt.

»Kein anderer. Er war ein vorzüglicher Gelehrter, ja, soweit ich es beurteilen kann, ein genialer Kopf, dessen Ideen in der Naturwissenschaft vielleicht später mehr Glück machen werden als seine theologischen Grübeleien. – Hättet Ihr ihn auch verbrannt, wenn Ihr im Genfer Rat gesessen hättet?«

»Gewiß, Herr!« antwortete ich mit Überzeugung. »Bedenkt nur das eine: was war die gefährlichste Waffe, mit welcher die Papisten unsern Calvin bekämpften? Sie warfen ihm vor, seine Lehre sei Gottesleugnung. Nun kommt ein Spanier nach Genf, nennt sich Calvins Freund, veröffentlicht Bücher, in welchen er die Dreieinigkeit leugnet, wie wenn das nichts auf sich hätte, und mißbraucht die evangelische Freiheit. War es nun Calvin nicht den Tausenden und Tausenden schuldig, die für das reine Wort litten und bluteten, diesen falschen Bruder vor den Augen der Welt aus der evangelischen Kirche zu stoßen und dem weltlichen Richter zu überliefern, damit keine Verwechslung zwischen uns und ihm möglich sei und wir nicht unschuldigerweise fremder Gottlosigkeit geziehen werden?«

Chatillon lächelte wehmütig und sagte: »Da Ihr Euer Urteil über Servedo so trefflich begründet habt, müßt Ihr mir schon den Gefallen tun, diesen Abend bei mir zu bleiben. Ich führe Euch an ein Fenster, das auf die Laurentiuskapelle hinüberschaut, deren Nachbarschaft wir uns hier erfreuen und wo der berühmte Franziskaner Panigarola heute abend predigen wird. Da werdet Ihr vernehmen, wie man *Euch* das Urteil spricht. Der Pater ist ein gewandter Logiker und ein feuriger Redner. Ihr werdet keines seiner Worte verlieren und – Eure Freude dran haben. – Ihr wohnt noch im Wirtshause? Ich muß Euch doch für ein dauerndes Obdach sorgen – was rätst du, Gasparde?« wandte er sich an diese, die eben eingetreten war.

Gasparde antwortete heiter: »Der Schneider Gilbert, unser Glaubensgenosse, der eine zahlreiche Familie zu ernähren hat, wäre wohl froh und hochgeehrt, wenn er dem Herrn Schadau sein bestes Zimmer abtreten dürfte. Und das hätte noch das Gute, daß der redliche, aber furchtsame Christ unsren evangelischen Gottesdienst wieder zu besuchen wagte, von diesem tapfern Kriegsmanne begleitet. – Ich gehe gleich hinüber und will ihm den Glücksfall verkündigen.« – Damit eilte die Schlanke weg.

So kurz ihre Erscheinung gewesen war, hatte ich doch aufmerksam forschend in ihre Augen geschaut, und ich geriet in neues Staunen. Von einer unwiderstehlichen Gewalt getrieben, mir ohne Aufschub dieses Rätsels Lösung zu verschaffen, kämpfte ich nur mit Mühe eine Frage nieder, die gegen allen Anstand verstoßen hätte, da kam mir der Alte selbst zu Hilfe, indem er spöttisch fragte: »Was findet Ihr Besonderes an dem Mädchen, daß Ihr es so starr betrachtet?«

»Etwas sehr Besonderes«, erwiderte ich entschlossen, »die wunderbare Ähnlichkeit ihrer Augen mit denen des Admirals.«

Wie wenn er eine Schlange berührt hätte, fuhr der Rat zurück und sagte gezwungen lächelnd: »Gibt es keine Naturspiele, Herr Schadau? Wollt Ihr dem Leben verbieten, ähnliche Augen hervorzubringen?«

»Ihr habt mich gefragt, was ich Besonderes an dem Fräulein finde«, versetzte ich kaltblütig, »diese Frage habe ich beantwortet. Erlaubt mir eine Gegenfrage: Da ich hoffe, Euch weiterhin besuchen zu dürfen, der ich mich von Euerm Wohlwollen und von Euerm überlegenen Geiste angezogen fühle, wie wünscht Ihr, daß ich fortan dieses schöne Fräulein begrüße? Ich weiß, daß sie von ihrem Paten Coligny den Namen Gasparde führt, aber Ihr habt mir noch nicht gesagt, ob ich die Gunst habe, mit Eurer Tochter oder mit einer Eurer Verwandten zu sprechen.«

»Nennt sie, wie Ihr wollt!« murmelte der Alte verdrießlich und fing wieder an, in der Geographie des Ptolemäus zu blättern.

Durch dies absonderliche Benehmen ward ich in meiner Vermutung bestärkt, daß hier ein Dunkel walte, und begann die kühnsten Schlüsse zu ziehn. In der kleinen Druckschrift, die der Admiral über seine Verteidigung von St. Quentin veröffentlicht hatte und die ich auswendig wußte, schloß er ziemlich unvermittelt mit einigen geheimnisvollen Worten, worin er seinen Übertritt zum Evangelium andeutete. Hier war von der Sündhaftigkeit der Welt die Rede, an welcher er bekannte, auch selber teilgenommen zu haben. Konnte nun Gaspardes Geburt nicht im Zusammenhange stehn mit diesem vorevangelischen Leben? So streng ich sonst in solchen Dingen dachte, hier war mein Eindruck ein anderer; es lag mir diesmal ferne, einen Fehltritt zu verurteilen, der mir die unglaubliche Möglichkeit auftat, mich der Blutsverwandten des erlauchten Helden zu nähern – wer weiß, vielleicht um sie zu werben. Während ich meiner Einbildungskraft die Zügel schießen ließ, glitt wahrscheinlich ein glückliches Lächeln durch meine Züge, denn der Alte, der mich insgeheim über seinen Folianten weg beobachtet hatte, wandte sich gegen mich mit unerwartetem Feuer:

»Ergötzt es Euch, junger Herr, an einem großen Mann eine Schwäche entdeckt zu haben, so wißt: Er ist makellos! – Ihr seid im Irrtume. Ihr betrügt Euch!«

Hier erhob er sich wie unwillig und schritt das Gemach auf und nieder, dann, plötzlich den Ton wechselnd, blieb er dicht vor mir stehen, indem er mich bei der Hand faßte: »Junger Freund«, sagte er, »in dieser schlimmen Zeit, wo wir Evangelischen aufeinander angewiesen sind und uns wie Brüder betrachten sollen, wächst das Vertrauen geschwind; es darf keine Wolke zwischen uns sein. Ihr seid ein braver Mann, und Gasparde ist ein liebes Kind. Gott verhüte, daß etwas Verdecktes Eure Begegnung unlauter mache. Ihr könnt schweigen, das trau ich Euch zu; auch ist die Sache ruchbar und könnte Euch aus hämischem Munde zu Ohren kommen. So hört mich an!

Gasparde ist weder meine Tochter noch meine Nichte; aber sie ist bei mir aufgewachsen und gilt als meine Verwandte. Ihre Mutter, die kurze Zeit nach der Geburt des Kindes starb, war die Tochter eines deutschen Reiteroffiziers, den sie nach Frankreich begleitet hatte. Gaspardes Vater aber«, hier dämpfte er die Stimme, – »ist Dandelot, des Admirals jüngerer Bruder, dessen wunderbare Tapferkeit und frühes Ende Euch nicht unbekannt sein wird. Jetzt wißt Ihr genug. Begrüßt Gasparde als meine Nichte, ich liebe sie wie mein eigenes Kind. Im übrigen haltet reinen Mund und begegnet ihr unbefangen.«

Er schwieg, und ich brach das Schweigen nicht, denn ich war ganz erfüllt von der Mitteilung des alten Herrn. Jetzt wurden wir, uns beiden nicht unwillkommen, unterbrochen und zum Abendtische gerufen, wo mir die holdselige Gasparde den Platz an ihrer Seite anwies. Als sie mir den vollen Becher reichte und ihre Hand die meinige berührte, durchrieselte mich ein Schauer, daß in diesen jungen Adern das Blut meines Helden rinne. Auch Gasparde fühlte, daß ich sie mit andern Augen betrachte als kurz vorher, sie sann, und ein Schatten der Befremdung glitt über ihre Stirne, die aber schnell wieder hell wurde, als sie mir fröhlich erzählte, wie hoch sich der Schneider Gilbert geehrt fühle, mich zu beherbergen.

»Es ist wichtig«, sagte sie scherzend, »daß Ihr einen

christlichen Schneider an der Hand habt, der Euch die Kleider streng nach hugenottischem Schnitte verfertigt. Wenn Euch Pate Coligny, der jetzt beim König so hoch in Gunsten steht, bei Hofe einführt und die reizenden Fräulein der Königin Mutter Euch umschwärmen, da wäret Ihr verloren, wenn nicht Eure ernste Tracht sie gebührend in Schranken hielte.«

Während dieses heitern Gespräches vernahmen wir über die Gasse, von Pausen unterbrochen, bald lang gezogene, bald heftig ausgestoßene Töne, die den verwehten Bruchstücken eines rednerischen Vortrags glichen, und als bei einem zufälligen Schweigen ein Satz fast unverletzt an unser Ohr schlug, erhob sich Herr Chatillon unwillig.

»Ich verlasse Euch!« sagte er, »der grausame Hanswurst da drüben verjagt mich.« – Mit diesen Worten ließ er uns allein.

»Was bedeutet das?« fragte ich Gasparde.

»Ei«, sagte sie, »in der Laurentiuskirche drüben predigt Pater Panigarola. Wir können von unserm Fenster mitten in das andächtige Volk hineinsehen und auch den wunderlichen Pater erblicken. Den Oheim empört sein Gerede, mich langweilt der Unsinn, ich höre gar nicht hin, habe ich ja Mühe in unsrer evangelischen Versammlung, wo doch die lautere Wahrheit gepredigt wird, mit Andacht und Erbauung, wie es dem heiligen Gegenstande geziemt, bis ans Ende aufzuhorchen.« –

Wir waren unterdessen ans Fenster getreten, das Gasparde ruhig öffnete.

Es war eine laue Sommernacht, und auch die erleuchteten Fenster der Kapelle standen offen. Im schmalen Zwischenraume hoch über uns flimmerten Sterne. Der Pater auf der Kanzel, ein junger, blasser Franziskanermönch mit südlich feurigen Augen und zuckendem Mienenspiel, gebärdete sich so seltsam heftig, daß er mir erst ein Lächeln abnötigte; bald aber nahm seine

Rede, von der mir keine Silbe entging, meine ganze Aufmerksamkeit in Anspruch.

»Christen«, rief er, »was ist die Duldung, welche man von uns verlangt? Ist sie christliche Liebe? Nein, sage ich, dreimal nein! Sie ist eine fluchwürdige Gleichgültigkeit gegen das Los unsrer Brüder! Was würdet Ihr von einem Menschen sagen, der einen andern am Rande des Abgrunds schlummern sähe und ihn nicht weckte und zurückzöge? Und doch handelt es sich in diesem Falle nur um Leben und Sterben des Leibes. Um wieviel weniger dürfen wir, wo ewiges Heil oder Verderben auf dem Spiele steht, ohne Grausamkeit unsern Nächsten seinem Schicksal überlassen! Wie? es wäre möglich, mit den Ketzern zu wandeln und zu handeln, ohne den Gedanken auftauchen zu lassen, daß ihre Seelen in tödlicher Gefahr schweben? Gerade unsre Liebe zu ihnen gebietet uns, sie zum Heil zu überreden und, sind sie störrisch, zum Heil zu zwingen, und sind sie unverbesserlich, sie auszurotten, damit sie nicht durch ihr schlechtes Beispiel ihre Kinder, ihre Nachbarn, ihre Mitbürger in die ewigen Flammen mitreißen! Denn ein christliches Volk ist ein Leib, von dem geschrieben steht: Wenn dich dein Auge ärgert, so reiße es aus! Wenn dich deine rechte Hand ärgert, so haue sie ab und wirf sie von dir, denn, siehe, es ist dir besser, daß eines deiner Glieder verderbe, als daß dein ganzer Leib in das nie verlöschende Feuer geworfen werde!« –

Dies ungefähr war der Gedankengang des Paters, den er aber mit einer leidenschaftlichen Rhetorik und mit ungezügelten Gebärden zu einem wilden Schauspiel verkörperte. War es nun das ansteckende Gift des Fanatismus oder das grelle von oben fallende Lampenlicht, die Gesichter der Zuhörer nahmen einen so verzerrten und, wie mir schien, blutdürstigen Ausdruck an, daß mir auf einmal klar wurde, auf welchem Vulkan wir Hugenotten in Paris stünden.

Gasparde wohnte der unheimlichen Szene fast gleichgültig bei und richtete ihr Auge auf einen schönen Stern, der über dem Dache der Kapelle mild leuchtend aufstieg.

Nachdem der Italiener seine Rede mit einer Handbewegung geschlossen, die mir eher einer Fluchgebärde als einem Segen zu gleichen schien, begann das Volk in dichtem Gedränge aus der Pforte zu strömen, an deren beiden Seiten zwei große brennende Pechfackeln in eiserne Ringe gesteckt wurden. Ihr blutiger Schein beleuchtete die Heraustretenden und erhellte zeitweise auch Gaspardes Antlitz, die das Volksgewühle mit Neugierde betrachtete, während ich mich in den Schatten zurückgelehnt hatte. Plötzlich sah ich sie erblassen, dann flammte ihr Blick empört auf, und als der meinige ihm folgte, sah ich einen hohen Mann in reicher Kleidung ihr mit halb herablassender, halb gieriger Gebärde einen Kuß zuwerfen. Gasparde bebte vor Zorn. Sie ergriff meine Hand, und indem sie mich an ihre Seite zog, sprach sie mit vor Erregung zitternder Stimme in die Gasse hinunter:

»Du beschimpfst mich, Memme, weil du mich schutzlos glaubst! Du irrst dich! Hier steht einer, der dich züchtigen wird, wenn du noch einen Blick wagst!« –

Hohnlachend schlug der Kavalier, der, wenn nicht ihre Rede, doch die ausdrucksvolle Gebärde verstanden hatte, seinen Mantel um die Schulter und verschwand in der strömenden Menge.

Gaspardes Zorn löste sich in einen Tränenstrom auf, und sie erzählte mir schluchzend, wie dieser Elende, der zu dem Hofstaate des Herzogs von Anjou, des königlichen Bruders, gehöre, schon seit dem Tage ihrer Ankunft sie auf der Straße verfolge, wenn sie einen Ausgang wage, und sich sogar durch das Begleit ihres Oheims nicht abhalten lasse, ihr freche Grüße zuzuwerfen.

»Ich mag dem lieben Ohm bei seiner erregbaren und

etwas ängstlichen Natur nichts davon sagen. Es würde ihn beunruhigen, ohne daß er mich beschützen könnte. Ihr aber seid jung und führt einen Degen, ich zähle auf Euch! Die Unziemlichkeit muß um jeden Preis ein Ende nehmen. – Nun lebt wohl, mein Ritter!« fügte sie lächelnd hinzu, während ihre Tränen noch flossen, »und vergeßt nicht, meinem Ohm gute Nacht zu sagen!« –

Ein alter Diener leuchtete mir in das Gemach seines Herrn, bei dem ich mich beurlaubte.

»Ist die Predigt vorüber?« fragte der Rat. »In jüngern Tagen hätte mich das Fratzenspiel belustigt; jetzt aber, besonders seit ich in Nîmes, wo ich das letzte Jahrzehnt mit Gasparde zurückgezogen gelebt habe, im Namen Gottes Mord und Auflauf anstiften sah, kann ich keinen Volkshaufen um einen aufgeregten Pfaffen versammelt sehen ohne die Beängstigung, daß sie nun gleich etwas Verrücktes oder Grausames unternehmen werden. Es fällt mir auf die Nerven.« –

Als ich die Kammer meiner Herberge betrat, warf ich mich in den alten Lehnstuhl, der außer einem Feldbette ihre ganze Bequemlichkeit ausmachte. Die Erlebnisse des Tages arbeiteten in meinem Kopfe fort, und an meinem Herzen zehrte es wie eine zarte, aber scharfe Flamme. Die Turmuhr eines nahen Klosters schlug Mitternacht, meine Lampe, die ihr Öl aufgebraucht hatte, erlosch, aber taghell war es in meinem Innern.

Daß ich Gaspardes Liebe gewinnen könne, schien mir nicht unmöglich, Schicksal, daß ich es mußte, und Glück, mein Leben dafür einzusetzen.

Am nächsten Morgen zur anberaumten Stunde stellte ich mich bei dem Admiral ein und fand ihn in einem abgegriffenen Taschenbuche blätternd.

»Dies sind«, begann er, »meine Aufzeichnungen aus dem Jahre siebenundfünfzig, in welchem ich St. Quentin verteidigte und mich dann den Spaniern ergeben mußte. Da steht unter den tapfersten meiner Leute, mit einem Kreuze bezeichnet, der Name Sadow, mir dünkt, es war ein Deutscher. Sollte dieser Name mit dem Eurigen derselbe sein?«

»Kein andrer als der Name meines Vaters! Er hatte die Ehre, unter Euch zu dienen und vor Euern Augen zu fallen.« –

»Nun denn«, fuhr der Admiral fort, »das bestärkt mich in dem Vertrauen, das ich in Euch setze. Ich bin von Leuten, mit denen ich lange zusammenlebte, verraten worden, Euch trau ich auf den ersten Anblick und ich glaube, er wird mich nicht betrügen.« –

Mit diesen Worten ergriff er ein Papier, das mit seiner großen Handschrift von oben bis unten bedeckt war: »Schreibt mir das ins reine, und wenn Ihr Euch daraus über manches unterrichtet, das Euch das Gefährliche unsrer Zustände zeigt, so laßt's Euch nicht anfechten. Alles Große und Entscheidende ist ein Wagnis. Setzt Euch und schreibt.« –

Was mir der Admiral übergeben hatte, war ein Memorandum, das er an den Prinzen von Oranien richtete. Mit steigendem Interesse folgte ich dem Gange der Darstellung, die mit der größten Klarheit, wie sie dem Admiral eigen war, sich über die Zustände von Frankreich verbreitete. Den Krieg mit Spanien um jeden Preis und ohne jeden Aufschub herbeizuführen, dies, schrieb der Admiral, ist unsre Rettung. Alba ist verloren, wenn er von uns und von Euch zugleich angegriffen wird. Mein Herr und König will den Krieg;

aber die Guisen arbeiten mit aller Anstrengung dagegen; die katholische Meinung, von ihnen aufgestachelt, hält die französische Kriegslust im Schach, und die Königin Mutter, welche den Herzog von Anjou dem Könige auf unnatürliche Weise vorzieht, will nicht, daß dieser ihren Liebling verdunkle, indem er sich im Feld auszeichnet, wonach mein Herr und König Verlangen trägt und was ich ihm als treuer Untertan gönne und, soviel an mir liegt, verschaffen möchte.

Mein Plan ist folgender: Eine hugenottische Freischar ist in diesen Tagen in Flandern eingefallen. Kann sie sich gegen Alba halten – und dies hängt zum großen Teil davon ab, daß Ihr gleichzeitig den spanischen Feldherrn von Holland her angreift – so wird dieser Erfolg den König bewegen, alle Hindernisse zu überwinden und entschlossen vorwärts zu gehn. Ihr kennt den Zauber eines ersten Gelingens.

Ich war mit dem Schreiben zu Ende, als ein Diener erschien und dem Admiral etwas zuflüsterte. Ehe dieser Zeit hatte, sich von seinem Sitze zu erheben, trat ein sehr junger Mann von schlanker, kränklicher Gestalt heftig erregt ins Gemach und eilte mit den Worten auf ihn zu:

»Guten Morgen, Väterchen! Was gibt es Neues? Ich verreite auf einige Tage nach Fontainebleau. Habt Ihr Nachricht aus Flandern?« Jetzt wurde er meiner gewahr und auf mich hindeutend frug er herrisch: »Wer ist der da?« –

»Mein Schreiber, Sire, der sich gleich entfernen wird, wenn Eure Majestät es wünscht.«

»Weg mit ihm!« rief der junge König, »ich will nicht belauscht sein, wenn ich Staatsgeschäfte behandle! Vergeßt Ihr, daß wir von Spähern umstellt sind? – Ihr seid zu arglos, lieber Admiral!«

Jetzt warf er sich in einen Lehnstuhl und starrte ins

Leere; dann, plötzlich aufspringend, klopfte er Coligny auf die Schulter und, als hätte er mich, dessen Entfernung er eben gefordert, vergessen, brach er in die Worte aus:

»Bei den Eingeweiden des Teufels! wir erklären seiner katholischen Majestät nächstens den Krieg!« Nun aber schien er wieder in den früheren Gedankengang zurückzufallen, denn er flüsterte mit geängstigter Miene: »Neulich noch, erinnert Ihr Euch? als wir beide in meinem Kabinett Rat hielten, da raschelte es hinter der Tapete. Ich zog den Degen, wißt Ihr? und durchstach sie zweimal, dreimal! Da hob sie sich, und wer trat darunter hervor? Mein lieber Bruder, der Herzog von Anjou, mit einem Katzenbuckel!« Hier machte der König eine nachahmende Gebärde und brach in unheimliches Lachen aus. »Ich aber«, fuhr er fort, »maß ihn mit einem Blicke, den er nicht ertragen konnte und der ihn flugs aus der Türe trieb.«

Hier nahm das bleiche Antlitz einen Ausdruck so wilden Hasses an, daß ich es erschrocken anstarrte.

Coligny, für den ein solcher Auftritt wohl nichts Ungewöhnliches hatte, dem aber die Gegenwart eines Zeugen peinlich sein mochte, entfernte mich mit einem Winke.

»Ich sehe, Eure Arbeit ist vollendet«, sagte er, »auf Wiedersehen morgen.« –

Während ich meinen Heimweg einschlug, ergriff mich ein unendlicher Jammer. Dieser unklare Mensch also war es, von dem die Entscheidung der Dinge abhing. – Wo sollte bei so knabenhafter Unreife und flackernder Leidenschaftlichkeit die Stetigkeit des Gedankens, die Festigkeit des Entschlusses herkommen? Konnte der Admiral für ihn handeln? Aber wer bürgte dafür, daß nicht andere, feindliche Einflüsse sich in der nächsten Stunde schon dieses verworrenen Gemütes bemächtigten! Ich fühlte, daß nur dann Sicherheit war, wenn Coligny in seinem König eine selbstbewußte

Stütze fand; besaß er in ihm nur ein Werkzeug, so konnte ihm dieses morgen entrissen werden.

In so böse Zweifel verstrickt, verfolgte ich meinen Weg, als sich eine Hand auf meine Schulter legte. Ich wandte mich und blickte in das wolkenlose Gesicht meines Landsmannes Boccard, der mich umhalste und mit den lebhaftesten Freudenbezeigungen begrüßte.

»Willkommen, Schadau, in Paris!« rief er, »Ihr seid, wie ich sehe, müßig, das bin ich auch, und da der König eben verritten ist, so müßt Ihr mit mir kommen, ich will Euch das Louvre zeigen. Ich wohne dort, da meine Kompagnie die Wache der innern Gemächer hat. – Es wird Euch hoffentlich nicht belästigen«, fuhr er fort, da er in meinen Mienen kein ungemischtes Vergnügen über seinen Vorschlag las, »mit einem königlichen Schweizer Arm in Arm zu gehn? Da ja Euer Abgott Coligny die Verbrüderung der Parteien wünscht, so würde ihm das Herz im Leibe lachen ob der Freundschaft seines Schreibers mit einem Leibgardisten.«

»Wer hat Euch gesagt ...«, unterbrach ich ihn erstaunt –

»Daß Ihr des Admirals Schreiber seid?« lachte Boccard. »Guter Freund, am Hofe wird mehr geschwatzt, als billig ist! Heute morgen beim Ballspiel war unter den hugenottischen Hofleuten die Rede von einem Deutschen, der bei dem Admiral Gunst gefunden hätte, und aus einigen Äußerungen über die fragliche Persönlichkeit erkannte ich zweifellos meinen Freund Schadau. Es ist nur gut, daß Euch jenes Mal Blitz und Donner in die drei Lilien zurückjagten, sonst wären wir uns fremd geblieben, denn Eure Landsleute im Louvre hättet Ihr wohl schwerlich aus freien Stücken aufgesucht! Mit dem Hauptmann Pfyffer muß ich Euch gleich bekannt machen!«

Dies verbat ich mir, da Pfyffer nicht nur als ausgezeichneter Soldat, sondern auch als fanatischer Katholik berühmt war, willigte aber gern ein, mit Boccard das Innere des Louvre zu besichtigen, da ich den vielgepriesenen Bau bis jetzt nur von außen betrachtet hatte.

Wir schritten nebeneinander durch die Straßen, und das freundliche Geplauder des lebenslustigen Fryburgers war mir willkommen, da es mich von meinen schweren Gedanken erlöste.

Bald betraten wir das französische Königsschloß, das damals zur Hälfte aus einem finstern mittelalterlichen Kastell, zur andern Hälfte aus einem neuen prächtigen Palast bestand, den die Medizäerin hatte aufführen lassen. Diese Mischung zweier Zeiten vermehrte in mir den Eindruck, der mich, seit ich Paris betreten, nie verlassen hatte, den Eindruck des Schwankenden, Ungleichartigen, der sich widersprechenden und miteinander ringenden Elemente.

Nachdem wir viele Gänge und eine Reihe von Gemächern durchschritten hatten, deren Verzierung in keckem Steinwerke und oft ausgelassener Malerei meinem protestantischen Geschmacke fremd und zuweilen ärgerlich war, Boccard aber herzlich belustigte, öffnete mir dieser ein Kabinett mit den Worten: »Dies ist das Studierzimmer des Königs.« –

Da herrschte eine greuliche Unordnung. Der Boden war mit Notenheften und aufgeblätterten Büchern bestreut. An den Wänden hingen Waffen. Auf dem kostbaren Marmortische lag ein Waldhorn.

Ich begnügte mich, von der Türe aus einen Blick in dies Chaos zu werfen, und weitergehend frug ich Boccard, ob der König musikalisch sei.

»Er bläst herzzerreißend«, erwiderte dieser, »oft ganze Vormittage hindurch und, was schlimmer ist, ganze Nächte, wenn er nicht hier nebenan«, er wies auf eine andere Türe, »vor dem Amboß steht und schmiedet, daß die Funken stieben. Jetzt aber ruhen Waldhorn und Hammer. Er ist mit dem jungen Chateauguyon eine Wette eingegangen, welchem von ihnen es zuerst gelinge, den Fuß im Munde das Zimmer auf und nieder zu hüpfen. Das gibt ihm nun unglaublich zu tun.« –

Da Boccard sah, wie ich traurig wurde, und es ihm auch sonst passend scheinen mochte, das Gespräch über das gekrönte Haupt Frankreichs abzubrechen, lud er mich ein, mit ihm das Mittagsmahl in einem nicht weit entlegenen Gasthause einzunehmen, das er mir als ganz vorzüglich schilderte.

Um abzukürzen, schlugen wir eine enge, lange Gasse ein. Zwei Männer schritten uns vom andern Ende derselben entgegen.

»Sieh«, sagte mir Boccard, »dort kommt Graf Guiche, der berüchtigte Damenfänger und der größte Raufer vom Hofe, und neben ihm – wahrhaftig – das ist Lignerolles! Wie darf sich der am hellen Tage blikken lassen, da er doch ein vollgültiges Todesurteil auf dem Halse hat!«

Ich blickte hin und erkannte in dem vornehmern der Bezeichneten den Unverschämten, der gestern abend im Scheine der Fackeln Gasparde mit frecher Gebärde beleidigt hatte. Auch er schien sich meiner näherschreitend zu erinnern, denn sein Auge blieb unverwandt auf mir haften. Wir hatten die halbe Breite der engen Gasse inne, die andere Hälfte den uns Entgegenkommenden frei lassend. Da Boccard und Lignerolles auf der Mauerseite gingen, mußten der Graf und ich hart aneinander vorüber.

Plötzlich erhielt ich einen Stoß und hörte den Grafen sagen: »Gib Raum, verdammter Hugenott!«

Außer mir wandte ich mich nach ihm um, da rief er lachend zurück: »Willst du dich auf der Gasse so breit machen wie am Fenster?«

Ich wollte ihm nachstürzen, da umschlang mich Boccard und beschwor mich: »Nur hier keine Szene! In diesen Zeiten würden wir in einem Augenblicke den Pöbel von Paris hinter uns her haben, und, da sie dich an deinem steifen Kragen als Hugenotten erkennen würden, wärst du unzweifelhaft verloren! Daß du Genugtuung erhalten mußt, versteht sich von selbst. Du überlässest mir die Sache, und ich will froh sein, wenn sich der vornehme Herr zu einem ehrlichen Zweikampfe versteht. Aber an dem Schweizernamen darf kein Makel haften, und wenn ich mit dem deinigen auch mein Leben einsetzen müßte! –

Jetzt sage mir um aller Heiligen willen, bist du mit Guiche bekannt? Hast du ihn gegen dich aufgebracht? Doch nein, das ist ja nicht möglich! Der Taugenichts war übler Laune und wollte sie an deiner Hugenottentracht auslassen.«

Unterdessen waren wir in das Gasthaus eingetreten, wo wir rasch und in gestörter Stimmung unser Mahl hielten.

»Ich muß meinen Kopf zusammenhalten«, sagte Boccard, »denn ich werde mit dem Grafen einen harten Stand haben.«

Wir trennten uns, und ich kehrte in meine Herberge zurück, Boccard versprechend, ihn dort zu erwarten. Nach Verlauf von zwei Stunden trat er in meine Kammer mit dem Ausrufe: »Es ist gut abgelaufen! Der Graf wird sich mit dir schlagen, morgen bei Tagesanbruch vor dem Tore St. Michel. Er empfing mich nicht unhöflich, und als ich ihm sagte, du wärest von gutem Hause, meinte er, es sei jetzt nicht der Augenblick, deinen Stammbaum zu untersuchen, was er kennenzulernen wünsche, sei deine Klinge.«

»Und wie steht es damit?« fuhr Boccard fort, »ich bin sicher, daß du ein methodischer Fechter bist, aber ich fürchte, du bist langsam, langsam, zumal einem so raschen Teufel gegenüber.«

Boccards Gesicht nahm einen besorgten Ausdruck an, und nachdem er nach ein paar Übungsklingen gerufen – es befand sich zu ebener Erde neben meinem Gasthause ein Fechtsaal – gab er mir eine derselben in die Hand und sagte: »Nun zeige deine Künste!«

Nach einigen Gängen, die ich im gewohnten Tempo durchfocht, während Boccard mich vergeblich mit dem Rufe: Schneller, schneller! anfeuerte, warf er seine Klinge weg und stellte sich ans Fenster, um eine Träne vor mir zu verbergen, die ich aber schon hervordringen gesehn hatte.

Ich trat zu ihm und legte meine Hand auf seine Schulter.

»Boccard«, sagte ich, »betrübe dich nicht. Alles ist vorher bestimmt. Ist meine Todesstunde auf morgen gestellt, so bedarf es nicht der Klinge des Grafen, um meinen Lebensfaden zu zerschneiden. Ist es nicht so, wird mir seine gefährliche Waffe nichts anhaben können.«

»Mache mich nicht ungeduldig!« versetzte er, sich rasch nach mir umdrehend. »Jede Minute der Frist, die uns bleibt, ist kostbar und muß benützt werden – nicht zum Fechten, denn in der Theorie bist du unsträflich und dein Phlegma«, hier seufzte er, »ist unheilbar. Es gibt nur ein Mittel, dich zu retten. Wende dich an Unsre liebe Frau von Einsiedeln und wirf mir nicht ein, du seist Protestant – einmal ist keinmal! Muß es sie nicht doppelt rühren, wenn einer der Abtrünnigen sein Leben in ihre Hände befiehlt! Du hast jetzt noch Zeit, für deine Rettung viele Ave Maria zu sprechen, und glaube mir, die Gnadenmutter wird dich nicht im Stiche lassen! Überwinde dich, lieber Freund, und folge meinem Rate.«

»Laß mich in Ruhe, Boccard!« versetzte ich, über seine wunderliche Zumutung ungehalten und doch von seiner Liebe gerührt.

Er aber drang noch eine Weile vergeblich in mich. Dann ordneten wir das Notwendige für morgen, und er nahm Abschied.

In der Türe wandte er sich noch einmal zurück und sagte: »Nur einen Stoßseufzer, Schadau, vor dem Einschlafen!« –

Am nächsten Morgen wurde ich durch eine rasche Berührung aus dem Schlafe geweckt. Boccard stand vor meinem Lager.

»Auf!« rief er, »es eilt, wenn wir nicht zu spät kommen sollen! Ich vergaß gestern dir zu sagen, von wem der Graf sich sekundieren läßt – von Lignerolles. Ein Schimpf mehr, wenn du willst! Aber es hat den Vorteil, daß im Falle du« – er seufzte – »deinen Gegner ernstlich verwunden solltest, dieser ehrenwerte Sekundant gewiß reinen Mund halten wird, da er tausend gute Gründe hat, die öffentliche Aufmerksamkeit in keiner Weise auf sich zu ziehn.« –

Während ich mich ankleidete, bemerkte ich wohl, daß dem Freund eine Bitte auf dem Herzen lag, die er mit Mühe niederkämpfte.

Ich hatte mein noch in Bern verfertigtes, nach Schweizer Sitte auf beiden Seiten mit derben Taschen versehenes Reisewams angezogen und drückte meinen breitkrempigen Filz in die Stirne, als mich Boccard auf einmal in großer Gemütsbewegung heftig umhalste und, nachdem er mich geküßt, seinen Lockenkopf an meine Brust lehnte. Diese überschwengliche Teilnahme erschien mir unmännlich, und ich drückte das duftende Haupt mit beiden Händen beschwichtigend weg. Mir deuchte, daß sich Boccard in diesem Augenblick etwas an meinem Wams zu schaffen machte; aber ich gab nicht weiter darauf acht, da die Zeit drängte.

Wir gingen schweigend durch die morgenstillen Gassen, während es leise zu regnen anfing, durchschritten das Tor, das eben geöffnet worden war, und fanden in kleiner Entfernung vor demselben einen mit verfallenden Mauern umgebenen Garten. Diese verlassene Stätte war zu der Begegnung ausersehn.

Wir traten ein und erblickten Guiche mit Lignerolles, die unser harrend zwischen den Buchenhecken des

Hauptganges auf und nieder schritten. Der Graf grüßte mich mit spöttischer Höflichkeit. Boccard und Lignerolles traten zusammen, um Kampfstelle und Waffen zu regeln.

»Der Morgen ist kühl«, sagte der Graf, »ist es Euch genehm, so fechten wir im Wams.«

»Der Herr ist nicht gepanzert?« warf Lignerolles ein, indem er eine tastende Bewegung nach meiner Brust machte.

Guiche bedeutete ihn mit einem Blicke, es zu lassen.

Zwei lange Stoßklingen wurden uns geboten. Der Kampf begann, und ich merkte bald, daß ich einem an Behendigkeit mir überlegenen und dabei völlig kaltblütigen Gegner gegenüberstehe. Nachdem er meine Kraft mit einigen spielenden Stößen wie auf dem Fechtboden geprüft hatte, wich seine nachlässige Haltung. Es wurde tödlicher Ernst. Er zeigte Quart und stieß Sekunde in beschleunigtem Tempo. Meine Parade kam genau noch rechtzeitig; wiederholte er dieselben Stöße um eine Kleinigkeit rascher, so war ich verloren. Ich sah ihn befriedigt lächeln und machte mich auf mein Ende gefaßt.

Blitzschnell kam der Stoß, aber die geschmeidige Stahlklinge bog sich hoch auf, als träfe sie einen harten Gegenstand, ich parierte, führte den Nachstoß und rannte dem Grafen, der, seiner Sache sicher, weit ausgefallen war, meinen Degen durch die Brust. Er verlor die Farbe, wurde aschfahl, ließ die Waffe sinken und brach zusammen.

Lignerolles beugte sich über den Sterbenden, während Boccard mich von hinnen zog.

Wir folgten dem Umkreise der Stadtmauer in flüchtiger Eile bis zum zweitnächsten Tore, wo Boccard mit mir in eine kleine ihm bekannte Schenke trat. Wir durchschritten den Flur und ließen uns hinter dem Hause unter einer dicht überwachsenen Laube nieder. Noch war in der feuchten Morgenfrühe alles wie ausgestorben. Der Freund rief nach Wein, der uns nach einer Weile von einem verschlafenen Schenkmädchen gebracht wurde. Er schlürfte in behaglichen Zügen, während ich den Becher unberührt vor mir stehen ließ. Ich hatte die Arme über der Brust gekreuzt und senkte das Haupt. Der Tote lag mir auf der Seele.

Boccard forderte mich zum Trinken auf, und nachdem ich ihm zu Gefallen den Becher geleert hatte, begann er:

»Ob nun gewisse Leute ihre Meinung ändern werden über Unsre liebe Frau von Einsiedeln?« –

»Laß mich zufrieden!« versetzte ich unwirsch, »was hat denn sie damit zu schaffen, daß ich einen Menschen getötet?« –

»Mehr als du denkst!« erwiderte Boccard mit einem vorwurfsvollen Blicke. »Daß du hier neben mir sitzest, hast du nur ihr zu danken! Du bist ihr eine dicke Kerze schuldig!« –

Ich zuckte die Achseln.

»Ungläubiger!« rief er und zog, in meine linke Brusttasche langend, triumphierend das Medaillon daraus hervor, welches er um den Hals zu tragen pflegte und das er heute morgen während seiner heftigen Umarmung mir heimlich in das Wams geschoben haben mußte.

Jetzt fiel es mir wie eine Binde von den Augen.

Die silberne Münze hatte den Stoß aufgehalten, der mein Herz durchbohren sollte. Mein erstes Gefühl war zornige Scham, als ob ich ein unehrliches Spiel getrieben und entgegen den Gesetzen des Zweikampfes meine Brust geschützt hätte. Darein mischte sich der Groll, einem Götzenbilde mein Leben zu schulden.

»Läge ich doch lieber tot«, murmelte ich, »als daß ich bösem Aberglauben meine Rettung verdanken muß!« –

Aber allmählich lichteten sich meine Gedanken. Gasparde trat mir vor die Seele und mit ihr alle Fülle des

Lebens. Ich war dankbar für das neugeschenkte Sonnenlicht, und als ich wieder in die freudigen Augen Boccards blickte, brachte ich es nicht über mich, mit ihm zu hadern, so gern ich es gewollt hätte. Sein Aberglaube war verwerflich, aber seine Freundestreue hatte mir das Leben gerettet.

Ich nahm von ihm mit Herzlichkeit Abschied und eilte ihm voraus durch das Tor und quer durch die Stadt nach dem Hause des Admirals, der mich zu dieser Stunde erwartete.

Hier brachte ich den Vormittag am Schreibtische zu, diesmal mit der Durchsicht von Rechnungen beauftragt, die sich auf die Ausrüstung der nach Flandern geworfenen hugenottischen Freischar bezogen. Als der Admiral in einem freien Augenblicke zu mir trat, wagte ich die Bitte, er möchte mich nach Flandern schicken, um an dem Einfalle teilzunehmen und ihm rasche und zuverlässige Nachricht von dem Verlaufe desselben zu senden.

»Nein, Schadau«, antwortete er kopfschüttelnd, »ich darf Euch nicht Gefahr laufen lassen, als Freibeuter behandelt zu werden und am Galgen zu sterben. Etwas anderes ist es, wenn Ihr nach erklärten Feindseligkeiten an meiner Seite fallen solltet. Ich bin es Euerm Vater schuldig, Euch keiner andern Gefahr auszusetzen als einem ehrlichen Soldatentode!« –

Es mochte ungefähr Mittag sein, als sich das Vorzimmer in auffallender Weise füllte und ein immer erregter werdendes Gespräch hörbar wurde.

Der Admiral rief seinen Schwiegersohn, Teligny, herein, der ihm berichtete, Graf Guiche sei diesen Morgen im Zweikampfe gefallen, sein Sekundant, der verrufene Lignerolles, habe die Leiche vor dem Tore St. Michel durch die gräfliche Dienerschaft abholen lassen und ihr, bevor er sich flüchtete, nichts anderes zu sagen gewußt, als daß ihr Herr durch die Hand eines ihm unbekannten Hugenotten gefallen sei.

Coligny zog die Brauen zusammen und brauste auf: »Habe ich nicht streng untersagt – habe ich nicht gedroht, gefleht, beschworen, daß keiner unsrer Leute in dieser verhängnisvollen Zeit einen Zwist beginne oder aufnehme, der zu blutigem Entscheide führen könnte! Ist der Zweikampf an sich schon eine Tat, die kein Christ ohne zwingende Gründe auf sein Gewissen laden soll, so wird er in diesen Tagen, wo ein ins Pulverfaß springender Funke uns alle verderben kann, zum Verbrechen an unsern Glaubensgenossen und am Vaterlande.« –

Ich blickte von meinen Rechnungen nicht auf und war froh, als ich die Arbeit zu Ende gebracht hatte. Dann ging ich in meine Herberge und ließ mein Gepäck in das Haus des Schneiders Gilbert bringen.

Ein kränklicher Mann mit einem furchtsamen Gesichtchen geleitete mich unter vielen Höflichkeiten in das mir bestimmte Zimmer. Es war groß und luftig und überschaute, das oberste Stockwerk des Hauses bildend, den ganzen Stadtteil, ein Meer von Dächern, aus welchem Turmspitzen in den Wolkenhimmel aufragten.

»Hier seid Ihr sicher!« sagte Gilbert mit feiner Stimme und zwang mir damit ein Lächeln ab.

»Mich freut es«, erwiderte ich, »bei einem Glaubensbruder Herberge zu nehmen.«

»Glaubensbruder?« lispelte der Schneider, »sprecht nicht so laut, Herr Hauptmann. Es ist wahr, ich bin ein evangelischer Christ, und – wenn es nicht anders sein kann – will ich auch für meinen Heiland sterben; aber verbrannt werden, wie es mit Dubourg auf dem Greveplatze geschah! – ich sah damals als kleiner Knabe zu – hu, davor hab ich einen Schauder!«

»Habt keine Angst«, beruhigte ich, »diese Zeiten sind vorüber, und das Friedensedikt gewährleistet uns allen freie Religionsübung.«

»Gott gebe, daß es dabei bleibe!« seufzte der Schneider. »Aber Ihr kennt unsern Pariser Pöbel nicht. Das ist ein wildes und ein neidisches Volk, und wir Hugenotten haben das Privilegium, sie zu ärgern. Weil wir eingezogen, züchtig und rechtschaffen leben, so werfen sie uns vor, wir wollen uns als die Bessern von ihnen sondern; aber, gerechter Himmel! wie ist es möglich, die zehn Gebote zu halten und sich nicht vor ihnen auszuzeichnen!«

Mein neuer Hauswirt verließ mich, und bei der einbrechenden Dämmerung ging ich hinüber in die Wohnung des Parlamentrats. Ich fand ihn höchst niedergeschlagen.

»Ein böses Verhängnis waltet über unsrer Sache«, hub er an. »Wißt Ihr es schon, Schadau? Ein vornehmer Höfling, Graf Guiche, ward diesen Morgen im Zweikampfe von einem Hugenotten erstochen. Ganz Paris ist voll davon, und ich denke, Pater Panigarola wird die Gelegenheit nicht versäumen, auf uns alle als auf eine Genossenschaft von Mördern hinzuweisen und seinen tugendhaften Gönner – denn Guiche war ein eifriger Kirchgänger – in einer seiner wirkungsvollen Abendpredigten als Märtyrer des katholischen Glaubens auszurufen ... Der Kopf schmerzt mich, Schadau, und ich will mich zur Ruhe begeben. Laßt Euch von Gasparde den Abendtrunk kredenzen.«

Gasparde stand während dieses Gesprächs neben dem Sitze des alten Herrn, auf dessen Rückenlehne sie sich nachdenkend stützte. Sie war heute sehr blaß, und tiefernst blickten ihre großen blauen Augen.

Als wir allein waren, standen wir uns einige Augenblicke schweigend gegenüber. Jetzt stieg der schlimme Verdacht in mir auf, daß sie, die selbst mich zu ihrer Verteidigung aufgefordert, nun vor dem Blutbefleckten schaudernd zurücktrete. Die seltsamen Umstände, die mich gerettet hatten und die ich Gasparde nicht mitteilen konnte, ohne ihr calvinistisches Gefühl schwer zu verletzen, verwirrten mein Gewissen mehr, als die nach Mannesbegriffen leichte Blutschuld es belastete. Gasparde fühlte mir an, daß meine Seele beschwert war, und konnte den Grund davon allein in der Tötung des Grafen und den daraus unsrer Partei erwachsenden Nachteilen suchen.

Nach einer Weile sagte sie mit gepreßter Stimme: »Du also hast den Grafen umgebracht?«

»Ich«, war meine Antwort.

Wieder schwieg sie. Dann trat sie mit plötzlichem Entschlusse an mich heran, umschlang mich mit beiden Armen und küßte mich inbrünstig auf den Mund.

»Was du immer verbrochen hast«, sagte sie fest, »ich bin deine Mitschuldige. Um meinetwillen hast du die Tat begangen. Ich bin es, die dich in Sünde gestürzt hat. Du hast dein Leben für mich eingesetzt. Ich möchte es dir vergelten, doch wie kann ich es.«

Ich faßte ihre beiden Hände und rief: »Gasparde, laß mich, wie heute, so morgen und immerdar dein Beschützer sein! Teile mit mir Gefahr und Rettung, Schuld und Heil! Eins und untrennbar laß uns sein bis zum Tode!«

»Eins und untrennbar!« sagte sie.

SIEBENTES KAPITEL

Seit dem verhängnisvollen Tage, an welchem ich Guiche getötet und Gaspardes Liebe gewonnen hatte, war ein Monat verstrichen. Täglich schrieb ich im Kabinett des Admirals, der mit meiner Arbeit zufrieden schien und mich mit steigendem Vertrauen behandelte. Ich fühlte, daß ihm die Innigkeit meines Verhältnisses zu Gasparde nicht unbekannt geblieben war, ohne daß er es jedoch mit einem Worte berührt hätte.

Während dieser Zeit hatte sich die Lage der Protestanten in Paris sichtlich verschlimmert. Der Einfall in Flandern war mißlungen und der Rückschlag machte sich am Hofe und in der öffentlichen Stimmung fühlbar. Die Hochzeit des Königs von Navarra mit Karls reizender, aber leichtfertiger Schwester erweiterte die Kluft zwischen den beiden Parteien, statt sie zu überbrücken. Kurz vorher war Jeanne d'Albret, die wegen ihres persönlichen Wertes von den Hugenotten hochverehrte Mutter des Navarresen, plötzlich gestorben, an Gift, so hieß es.

Am Hochzeittage selber schritt der Admiral, statt der Messe beizuwohnen, auf dem Platze vor Notredame in gemessenem Gange auf und nieder und sprach, er der sonst so Vorsichtige, ein Wort aus, das in bitterster Feindseligkeit gegen ihn ausgebeutet wurde. »Notredame«, sagte er, »ist mit den Fahnen behängt, die man uns im Bürgerkriege abgenommen; sie müssen weg und ehrenvollere Trophäen an ihre Stelle!« Damit meinte er spanische Fahnen, aber das Wort wurde falsch gedeutet.

Coligny sandte mich mit einem Auftrage nach Orleans, wo deutsche Reiterei lag. Als ich von dort zurückkehrte und meine Wohnung betrat, kam mir Gilbert mit entstellter Miene entgegen.

»Wißt Ihr schon, Herr Hauptmann«, jammerte er, »daß der Admiral gestern meuchlerisch verwundet worden ist, als er aus dem Louvre nach seinem Palaste zurückkehrte? Nicht tödlich, sagt man; aber bei seinem Alter und der kummervollen Sorge, die auf ihm lastet, wer kann wissen, wie das endet! Und stirbt er, was soll aus uns werden?« –

Ich begab mich schleunig nach der Wohnung des Admirals, wo ich abgewiesen wurde. Der Pförtner sagte mir, es sei hoher Besuch im Hause, der König und die Königin Mutter. Dies beruhigte mich, da ich in meiner Arglosigkeit daraus schloß, unmöglich könne Katharina an der Untat Anteil haben, wenn sie selbst das Opfer besuche. Der König aber, versicherte der

Pförtner, sei wütend über den tückischen Angriff auf das Leben seines väterlichen Freundes.

Jetzt wandte ich meine Schritte zurück nach der Wohnung des Parlamentrats, den ich in lebhaftem Gespräche mit einer merkwürdigen Persönlichkeit fand, einem Manne in mittleren Jahren, dessen bewegtes Gebärdenspiel den Südfranzosen verriet und der den St. Michaelsorden trug. Noch nie hatte ich in klugere Augen geblickt. Sie leuchteten von Geist, und in den zahllosen Falten und Linien um Augen und Mund bewegte sich ein unruhiges Spiel schalkhafter und scharfsinniger Gedanken.

»Gut, daß Ihr kommt, Schadau!« rief mir der Rat entgegen, während ich unwillkürlich das unschuldige Antlitz Gaspardes, in dem nur die Lauterkeit einer einfachen und starken Seele sich spiegelte, mit der weltklugen Miene des Gastes verglich, »gut, daß Ihr kommt! Herr Montaigne will mich mit Gewalt nach seinem Schlosse in Perigord entführen . . .«

»Wir wollen dort den Horaz zusammen lesen«, warf der Fremdling ein, »wie wir es vorzeiten in den Bädern von Air taten, wo ich das Vergnügen hatte, den Herrn Rat kennenzulernen.« –

»Meint Ihr, Montaigne«, fuhr der Rat fort, »ich dürfe die Kinder allein lassen? Gasparde will sich nicht von ihrem Paten und dieser junge Berner sich nicht von Gasparde trennen.«

»Ei was«, spottete Herr Montaigne, sich gegen mich verbeugend, »sie werden, um sich in der Tugend zu stärken, das Buch Tobiä zusammen lesen!« und den Ton wechselnd, da er mein ernstes Gesicht sah: »Kurz und gut«, schloß er, »Ihr kommt mit mir, lieber Rat!«

»Ist denn eine Verschwörung gegen uns Hugenotten im Werke?« fragte ich aufmerksam werdend.

»Eine Verschwörung?« wiederholte der Gascogner. »Nicht daß ich wüßte! Wenn nicht etwa eine solche, wie sie die Wolken anzetteln, bevor ein Gewitter losbricht. Vier Fünfteile einer Nation von dem letzten Fünfteil zu etwas gezwungen, was sie nicht wollen – das heißt zum Kriege in Flandern – das kann die Atmosphäre schon elektrisch machen. Und, nehmt es mir nicht übel, junger Mann, Ihr Hugenotten verfehlt Euch gegen den ersten Satz der Lebensweisheit: daß man das Volk, unter dem man wohnt, nicht durch Mißachtung seiner Sitten beleidigen darf.«

»Rechnet Ihr die Religion zu den Sitten eines Volkes?« fragte ich entrüstet.

»In gewissem Sinne, ja«, meinte er, »doch diesmal dachte ich nur an die Gebräuche des täglichen Lebens: Ihr Hugenotten kleidet Euch düster, tragt ernsthafte Mienen, versteht keinen Scherz und seid so steif wie Eure Halskragen. Kurz, Ihr schließt Euch ab, und das bestraft sich in der größten Stadt wie auf dem kleinsten Dorfe! Da verstehn die Guisen das Leben besser! Eben kam ich vorüber, als der Herzog Heinrich vor seinem Palaste abstieg und den umstehenden Bürgern die Hände schüttelte, lustig wie ein Franzose und gemütlich wie ein Deutscher! So ist es recht! Sind wir ja alle vom Weibe geboren, und ist doch die Seife nicht teuer!«

Mir schien, als ob der Gascogner schwere Besorgnis unter diesem scherzhaften Tone verberge, und ich wollte ihn weiter zur Rede stellen, als der alte Diener einen Boten des Admirals meldete, welcher mich und Gasparde unverzüglich zu sich berief.

Gasparde warf einen dichten Schleier über und wir eilten.

Unterwegs erzählte sie mir, was sie in meiner Abwesenheit ausgestanden. »An deiner Seite durch einen Kugelregen zu reiten, wäre mir ein Spiel dagegen!« versicherte sie. »Der Pöbel in unsrer Straße ist so giftig geworden, daß ich das Haus nicht verlassen konnte, ohne mit Schimpfworten verfolgt zu werden. Kleidete ich mich nach meinem Stande, so schrie man mir nach: Seht die Übermütige! Legte ich schlichtes Gewand an, so hieß es: Seht die Heuchlerin! – Einen Tag oder eine Woche hielte man das schon aus; aber wenn man kein Ende davon absieht! – Unsere Lage hier in Paris erinnert mich an die jenes Italieners, den sein Feind in einen Kerker mit vier kleinen Fenstern werfen ließ. Als er am nächsten Morgen erwachte, waren deren nur noch drei, am folgenden zwei, am dritten noch eins, kurz, er begriff, daß sein höllischer Feind ihn in eine Maschine gesperrt hatte, die sich allmählich in einen erdrückenden Sarg verwandelte.« –

Unter diesen Reden waren wir in die Wohnung des Admirals gelangt, der uns sogleich zu sich beschied.

Er saß aufrecht auf seinem Lager, den verwundeten linken Arm in der Schlinge, blaß und ermattet. Neben ihm stand ein Geistlicher mit eisgrauem Barte. Er ließ uns nicht zu Worten kommen.

»Meine Zeit ist gemessen«, sprach er, »hört mich an und gehorcht mir! Du, Gasparde, bist mir durch meinen teuern Bruder blutverwandt. Es ist jetzt nicht der Augenblick, etwas zu verhüllen, das du weißt und diesem nicht verborgen bleiben darf. – Deiner Mutter ist durch einen Franzosen Unrecht geschehn; ich will nicht, daß auch du unsres Volkes Sünden mitbüßest. Wir bezahlen, was unsre Väter verschuldet haben. Du aber sollst, soviel solches an mir liegt, auf deutscher Erde ein frommes und ruhiges Leben führen.«

Dann sich zu mir wendend, fuhr er fort: »Schadau, Ihr werdet Eure Kriegsschule nicht unter mir durchmachen. Hier sieht es dunkel aus. Mein Leben geht zur Neige, und mein Tod ist der Bürgerkrieg. Mischt Euch nicht darein, ich verbiete es Euch. – Reicht Gasparde die Hand, ich gebe Sie Euch zum Weibe. Führt sie ohne Säumnis in Eure Heimat. Verlaßt dieses ungesegnete Frankreich, sobald Ihr meinen Tod erfahrt. Bereitet ihr eine Stätte auf Schweizerboden; dann nehmt Dienste unter dem Prinzen von Oranien und kämpft für die gute Sache!« –

Jetzt winkte er dem Greise und forderte ihn auf, uns zu trauen.

»Macht es kurz«, flüsterte er, »ich bin müde und bedarf Ruhe.«

Wir ließen uns an seinem Lager auf die Knie nieder, und der Geistliche verrichtete sein Amt, unsre Hände zusammenfügend und die liturgischen Worte aus dem Gedächtnisse sprechend.

Dann segnete uns der Admiral mit seiner ebenfalls verstümmelten Rechten.

»Lebt wohl!« schloß er, legte sich nieder und kehrte sein Antlitz gegen die Wand.

Da wir zögerten, das Gemach zu verlassen, hörten wir noch die gleichmäßigen Atemzüge des ruhig Entschlummerten.

Schweigend und in wunderbarer Stimmung kamen wir zurück und fanden Chatillon noch in lebhaftem Gespräche mit Herrn Montaigne.

»Gewonnen Spiel!« jubelte dieser, »der Papa willigt ein und ich selbst will ihm seinen Koffer packen, denn darauf verstehe ich mich vortrefflich.«

»Geht, lieber Oheim!« mahnte Gasparde, »und macht Euch keine Sorge um mich. Das ist von nun an die Sache meines Gemahls.« Und sie drückte meine Hand an ihre Brust. Auch ich drang in den Rat, mit Montaigne zu verreisen.

Da mit einem Male, wie wir alle ihm zuredeten und ihn überzeugt glaubten, fragte er: »Hat der Admiral Paris verlassen?« Und als er hörte, Coligny bleibe und werde trotz des Drängens der Seinigen bleiben, auch wenn sein Zustand die Abreise erlauben sollte, da rief Chatillon mit glänzenden Augen und mit einer festen Stimme, die ich nicht an ihm kannte:

»So bleibe auch ich! Ich bin im Leben oftmals feig und selbstsüchtig gewesen; ich stand nicht zu meinen Glaubensgenossen, wie ich sollte; in dieser letzten Stunde aber will ich sie nicht verlassen.«

Montaigne biß sich die Lippe. Unser aller Zureden fruchtete nun nichts mehr, der Alte blieb bei seinem Entschlusse.

Jetzt klopfte ihm der Gascogner auf die Schulter und sagte mit einem Anfluge von Hohn:

»Alter Junge, du betrügst dich selbst, wenn du glaubst, daß du aus Heldenmut so handelst. Du tust es aus Bequemlichkeit. Du bist zu träge geworden, dein behagliches Nest zu verlassen, selbst auf die Gefahr hin, daß der Sturm es morgen wegfegt. Das ist auch ein Standpunkt, und in deiner Weise hast du recht.« –

Jetzt verwandelte sich der spöttische Ausdruck auf seinem Gesichte in einen tief schmerzlichen, er umarmte Chatillon, küßte ihn und schied eilig.

Der Rat, welcher seltsam bewegt war, wünschte allein zu sein.

»Verlaßt mich, Schadau!« sagte er, mir die Hand drückend, »und kommt heute abend noch einmal vor Schlafengehen.« –

Gasparde, die mich begleitete, ergriff unter der Türe plötzlich das Reisepistol, das noch in meinem Gürtel stak.

»Laß das!« warnte ich. »Es ist scharf geladen.«

»Nein«, lachte sie, den Kopf zurückwerfend, »ich behalte es als Unterpfand, daß du uns diesen Abend nicht versäumst!«, und sie entfloh damit ins Haus.

ACHTES KAPITEL

Auf meinem Zimmer lag ein Brief meines Oheims im gewohnten Format, mit den wohlbekannten altmodischen Zügen überschrieben. Der rote Abdruck des Siegels mit seiner Devise: Pèlerin et Voyageur! war diesmal unmäßig groß geraten.

Noch hielt ich das Schreiben uneröffnet in der Hand, als Boccard ohne anzuklopfen hereinstürzte.

»Hast du dein Versprechen vergessen, Schadau?« rief er mir zu.

»Welches Versprechen?« fragte ich mißmutig.

»Schön!« versetzte er mit einem kurzen Lachen, das gezwungen klang. »Wenn das so fortgeht, so wirst du nächstens deinen eignen Namen vergessen! Am Vorabende deiner Abreise nach Orleans, in der Schenke zum Mohren, hast du mir feierlich gelobt, dein längst gegebenes Versprechen zu lösen und unsern Landsmann, den Hauptmann Pfyffer, einmal zu begrüßen. Ich lud dich dann in seinem Auftrage zu seinem Namensfeste in das Louvre ein.

Heute nun ist Bartholomäustag. Der Hauptmann hat zwar viele Namen, wohl acht bis zehn; da aber unter diesen allen der geschundene Barthel in seinen Augen der größte Heilige und Märtyrer ist, so feiert er als guter Christ diesen Tag in besondrer Weise. Bliebest du weg, er legte dir's als hugenottischen Starrsinn aus.« –

Ich besann mich freilich, von Boccard häufig mit solchen Einladungen bestürmt worden zu sein und ihn von Woche zu Woche vertröstet zu haben. Daß ich ihm auf heute zugesagt, war mir nicht erinnerlich, aber es konnte sein.

»Boccard«, sagte ich, »heute ist mir's ungelegen. Entschuldige mich bei Pfyffer und laß mich zu Hause.«

Nun aber begann er auf die wunderlichste Weise in mich zu dringen, jetzt scherzend und kindischen Unsinn vorbringend, jetzt flehentlich mich beschwörend. Zuletzt fuhr er auf:

»Wie? Hältst du so dein Ehrenwort?« – Und unsicher wie ich war, ob ich nicht doch vielleicht mein Wort gegeben, konnte ich diesen Vorwurf nicht auf mir sitzen lassen und willigte endlich, wenn auch bitter ungern, ein, ihn zu begleiten. Ich marktete, bis er versprach, in einer Stunde mich freizugeben, und wir gingen nach dem Louvre.

Paris war ruhig. Wir trafen nur einzelne Gruppen von Bürgern, die sich über den Zustand des Admirals flüsternd besprachen.

Pfyffer hatte ein Gemach zu ebener Erde im großen Hofe des Louvre inne. Ich war erstaunt, seine Fenster nur spärlich erleuchtet zu sehn und Totenstille zu finden statt eines fröhlichen Festlärms. Wie wir eintraten, stand der Hauptmann allein in der Mitte des Zimmers, vom Kopfe bis zu den Füßen bewaffnet und in eine Depesche vertieft, die er aufmerksam zu lesen, ja zu buchstabieren schien, denn er folgte den Zeilen mit dem Zeigefinger der linken Hand. Er wurde meiner ansichtig und, auf mich zutretend, fuhr er mich barsch an:

»Euren Degen, junger Herr! Ihr seid mein Gefangener.« – Gleichzeitig näherten sich zwei Schweizer, die im Schatten gestanden hatten. Ich trat einen Schritt zurück.

»Wer gibt Euch ein Recht an mich, Herr Hauptmann?« – rief ich aus. »Ich bin der Schreiber des Admirals.«

Ohne mich einer Antwort zu würdigen, griff er mit eigner Hand nach meinem Degen und bemächtigte sich desselben. Die Überraschung hatte mich so außer Fassung gebracht, daß ich an keinen Widerstand dachte.

»Tut Eure Pflicht!« befahl Pfyffer. Die beiden Schweizer nahmen mich in die Mitte und ich folgte ihnen wehrlos, einen Blick grimmigen Vorwurfs auf Boccard werfend. Ich konnte mir nichts anders denken, als daß Pfyffer einen königlichen Befehl erhalten habe, mich wegen meines Zweikampfes mit Guiche in Haft zu nehmen.

Zu meinem Erstaunen wurde ich nur wenige Schritte weit nach der mir wohlbekannten Kammer Boccards geführt. Der eine Schweizer zog einen Schlüssel hervor und versuchte zu öffnen, aber vergeblich. Es schien ihm in der Eile ein unrechter übergeben worden zu sein, und er sandte seinen Kameraden zurück, um von Boccard, der bei Pfyffer geblieben war, den rechten zu fordern.

In dieser kurzen Frist vernahm ich lauschend die rauhe, scheltende Stimme des Hauptmanns: »Euer freches Stücklein kann mich meine Stelle kosten! In dieser Teufelsnacht wird uns hoffentlich keiner zur Rede stellen; doch wie bringen wir morgen den Ketzer aus dem Louvre fort? Die Heiligen mögen mir's verzeihn, daß ich einem Hugenotten das Leben rette –, aber einen Landsmann und Bürger von Bern dürfen wir von diesen verfluchten Franzosen auch nicht abschlachten lassen – da habt Ihr wiederum recht, Boccard ...«

Jetzt ging die Türe auf, ich stand in dem dunkeln Gelaß, der Schlüssel wurde hinter mir gedreht und ein schwerer Riegel vorgeschoben.

Ich durchmaß das mir von manchem Besuche her wohlbekannte Gemach, in quälenden Gedanken auf und nieder schreitend, während sich das mit Eisenstäben vergitterte, hoch gelegene Fenster allmählich erhellte, denn der Mond ging auf. Der einzige wahrscheinliche Grund meiner Verhaftung, ich mochte die Sache wenden wie ich wollte, war und blieb der Zweikampf. Unerklärlich waren mir freilich Pfyffers unmutige letzte Worte; aber ich konnte dieselben mißhört haben, oder der tapfere Hauptmann war etwas bezecht. Noch unbegreiflicher, ja haarsträubend, erschien mir das Benehmen Boccards, dem ich nie und nimmer einen so schmählichen Verrat zugetraut hätte.

Je länger ich die Sache übersann, in desto beunruhigendere Zweifel und unlösbarere Widersprüche verstrickte ich mich.

Sollte wirklich ein blutiger Plan gegen die Hugenotten bestehn? War das denkbar? Konnte der König, wenn er nicht von Sinnen war, in die Vernichtung einer Partei willigen, deren Untergang ihn zum willenlosen Sklaven seiner ehrgeizigen Vettern von Lothringen machen mußte?

Oder war ein neuer Anschlag auf die Person des Admirals geschmiedet, und wollte man einen seiner treuen Diener von ihm entfernen? Aber ich erschien mir zu unbedeutend, als daß man zuerst an mich gedacht hätte. Der König hatte heftig gezürnt über die Verwundung des Admirals. Konnte ein Mensch, ohne dem Wahnsinne verfallen zu sein, von warmer Neigung zu stumpfer Gleichgültigkeit oder wildem Hasse in der Frist weniger Stunden übergehn?

Während ich so meinen Kopf zerarbeitete, schrie mein Herz, daß mein Weib mich zu dieser Stunde erwarte, die Minuten zähle und ich hier gefangen sei, ohne ihr Nachricht geben zu können.

Noch immer schritt ich auf und nieder, als die Turmuhr des Louvre schlug; ich zählte zwölf Schläge. Es war Mitternacht. Da kam mir der Gedanke, einen Stuhl an das hohe Fenster zu rücken, in die Nische zu steigen, es zu öffnen und, an die Eisenstäbe mich anklammernd, in die Nacht auszuschauen. Das Fenster blickte auf die Seine. Alles war still. Schon wollte ich wieder ins Gemach herunterspringen, als ich meinen Blick noch über mich richtete und vor Entsetzen erstarrte.

Rechts von mir, auf einem Balkon des ersten Stockwerks, so nahe, daß ich sie fast mit der Hand erreichen konnte, erblickte ich, vom Mondlicht taghell erleuchtet, drei über das Geländer vorgebeugte, lautlos lauschende Gestalten. Mir zunächst der König mit einem Antlitz, dessen nicht unedle Züge die Angst, die Wut, der Wahnsinn zu einem Höllenausdruck verzerrten. Kein Fiebertraum kann schrecklicher sein als diese Wirklichkeit. Jetzt, da ich das längst Vergangene niederschreibe, sehe ich den Unseligen wieder mit den Augen des Geistes – und ich schaudere. Neben ihm lehnte sein Bruder, der Herzog von Anjou, mit dem schlaffen, weibisch grausamen Gesichtchen und schlotterte vor Furcht. Hinter ihnen, bleich und regungslos, die Gefaßteste von allen, stand Katharina, die Medicäerin, mit halbgeschlossenen Augen und fast gleichgültiger Miene.

Jetzt machte der König, wie von Gewissensangst gepeinigt, eine krampfhafte Gebärde, als wollte er einen gegebenen Befehl zurücknehmen, und in demselben Augenblicke knallte ein Büchsenschuß, mir schien im Hofe des Louvre.

»Endlich!« flüsterte die Königin erleichtert, und die drei Nachtgestalten verschwanden von der Zinne.

Eine nahe Glocke begann Sturm zu läuten, eine zweite, eine dritte heulte mit; greller Fackelschein glomm auf wie eine Feuersbrunst, Schüsse knatterten, und meine gespannte Einbildungskraft glaubte Sterbeseufzer zu vernehmen.

Der Admiral lag ermordet, daran konnte ich nicht mehr zweifeln. Aber was bedeuteten die Sturmglocken, die erst vereinzelt, dann immer häufiger fallenden Schüsse, die Mordrufe, die jetzt von fern an mein lauschendes Ohr drangen? Geschah das Unerhörte? Wurden alle Hugenotten in Paris gemeuchelt?

Und Gasparde, meine mir vom Admiral anvertraute Gasparde, war mit dem wehrlosen Alten diesen Schrekken preisgegeben! Das Haar stand mir zu Berge, das Blut gerann mir in den Adern. Ich rüttelte an der Türe aus allen Kräften, die eisernen Schlösser und das schwere Eichenholz wichen nicht. Ich suchte tastend nach einer Waffe, nach einem Werkzeuge, um sie zu sprengen, und fand keines. Ich schlug mit den Fäusten, stieß mit den Füßen gegen die Türe und schrie nach Befreiung – draußen im Gange blieb es totenstill.

Wieder schwang ich mich auf die Fensternische und rüttelte wie ein Verzweifelter an dem Eisengitter, es war nicht zu erschüttern.

Ein Fieberfrost ergriff mich, und meine Zähne schlugen aufeinander. Dem Wahnsinne nahe warf ich mich auf Boccards Lager und wälzte mich in tödlicher Bangigkeit. Endlich, als der Morgen zu grauen begann, verfiel ich in einen Zustand zwischen Wachen und Schlummern, der sich nicht beschreiben läßt. Ich meinte mich noch an die Eisenstäbe zu klammern und hinauszublicken auf die rastlos flutende Seine. Da plötzlich erhob sich aus ihren Wellen ein halbnacktes, vom Mondlichte beglänztes Weib, eine Flußgöttin, auf ihre sprudelnde Urne gestützt, wie sie in Fontainebleau an den Wasserkünsten sitzen, und begann zu sprechen. Aber ihre Worte richteten sich nicht an mich, sondern an eine Steinfrau, die dicht neben mir die Zinne trug, auf welcher die drei fürstlichen Verschwörer gestanden.

»Schwester«, frug sie aus dem Flusse, »weißt vielleicht du, warum sie sich morden? Sie werfen mir Leichnam auf Leichnam in mein strömendes Bett, und ich bin schmierig von Blut. Pfui, pfui! Machen vielleicht die Bettler, die ich abends ihre Lumpen in meinem Wasser waschen sehe, den Reichen den Garaus?«

»Nein«, raunte das steinerne Weib, »sie morden sich, weil sie nicht einig sind über den richtigen Weg zur Seligkeit.« – Und ihr kaltes Antlitz verzog sich zum Hohn, als belache sie eine ungeheure Dummheit . . .

In diesem Augenblicke knarrte die Türe, ich fuhr auf aus meinem Halbschlummer und erblickte Boccard, blaß und ernst, wie ich ihn noch nie gesehen hatte, und hinter ihm zwei seiner Leute, von welchen einer einen Laib Brot und eine Kanne Wein trug.

»Um Gottes willen, Boccard«, rief ich und stürzte ihm entgegen, »was ist heute nacht vorgegangen? . . . Sprich!«

Er ergriff meine Hand und wollte sich zu mir auf das Lager setzen. Ich sträubte mich und beschwor ihn zu reden.

»Beruhige dich!« sagte er. »Es war eine schlimme Nacht. Wir Schweizer können nichts dafür, der König hat es befohlen.«

»Der Admiral ist tot?« frug ich, ihn starr ansehend.

Er bejahte mit einer Bewegung des Hauptes.

»Und die andern hugenottischen Führer?«

»Tot. Wenn nicht der eine oder andere, wie der Navarrese, durch besondere Gunst des Königs verschont blieb.«

»Ist das Blutbad beendigt?«

»Nein, noch wütet es fort in den Straßen von Paris. Kein Hugenott darf am Leben bleiben.«

Jetzt zuckte mir der Gedanke an Gasparde wie ein glühender Blitz durchs Gehirn, und alles andere verschwand im Dunkel.

»Laß mich!« schrie ich. »Mein Weib! mein armes Weib!«

Boccard sah mich erstaunt und fragend an. »Dein Weib? Bist du verheiratet?«

»Gib Raum, Unseliger!« rief ich und warf mich auf ihn, der mir den Ausweg vertrat. Wir rangen miteinander, und ich hätte ihn übermannt, wenn nicht einer seiner Schweizer ihm zu Hilfe gekommen wäre, indes der andere die Türe bewachte.

Ich wurde auf das Knie gedrückt.

»Boccard!« stöhnte ich. »Im Namen des barmherzigen Gottes – bei allem, was dir teuer ist – bei dem Haupte deines Vaters – bei der Seligkeit deiner Mutter – erbarm dich meiner und laß mich frei! Ich sage dir, Mensch, daß mein Weib da draußen ist – daß sie vielleicht in diesem Augenblick gemordet – daß sie vielleicht in diesem Augenblick mißhandelt wird! Oh, oh!« und ich schlug mit geballter Faust gegen die Stirn.

Boccard erwiderte begütigend, wie man mit einem Kranken spricht: »Du bist von Sinnen, armer Freund! Du könntest nicht fünf Schritte ins Freie tun, bevor dich eine Kugel niederstreckte! Jedermann kennt dich als den Schreiber des Admirals. Nimm Vernunft an! Was du verlangst, ist unmöglich.« –

Jetzt begann ich auf den Knien liegend zu schluchzen wie ein Kind.

Noch einmal, halb bewußtlos wie ein Ertrinkender, erhob ich das Auge nach Rettung, während Boccard schweigend die im Ringen zerrissene Seidenschnur wieder zusammenknüpfte, an der die Silbermünze mit dem Bildnis der Madonna tief niederhing.

»Im Namen der Muttergottes von Einsiedeln!« flehte ich mit gefalteten Händen.

Jetzt stand Boccard wie gebannt, die Augen nach oben gewendet und etwas murmelnd wie ein Gebet. Dann berührte er das Medaillon mit den Lippen und schob es sorgfältig wieder in sein Wams.

Noch schwiegen wir beide, da trat, eine Depesche emporhaltend, ein junger Fähndrich ein.

»Im Namen des Königs und auf Befehl des Hauptmanns«, sagte er, »nehmt zwei Eurer Leute, Herr Boccard, und überbringt eigenhändig diese Order dem Kommandanten der Bastille.« – Der Fähndrich trat ab.

Jetzt eilte Boccard, nach einem Augenblicke des Besinnens, das Schreiben in der Hand, auf mich zu:

»Tausche schnell die Kleider mit Cattani hier!« flüsterte er. »Ich will es wagen. Wo wohnt sie?« –

»Isle St. Louis.«

»Gut. Labe dich noch mit einem Trunke, du hast Kraft nötig.«

Nachdem ich eilig meiner Kleider mich entledigt, warf ich mich in die Tracht eines königlichen Schweizers, gürtete das Schwert um, ergriff die Hallebarde, und Boccard, ich und der zweite Schweizer, wir stürzten ins Freie.

NEUNTES KAPITEL

Schon im Hofe des Louvre bot sich meinen Augen ein schrecklicher Anblick. Die Hugenotten vom Gefolge des Königs von Navarra lagen hier, frisch getötet, manche noch röchelnd, in Haufen übereinander. Längs der Seine weiter eilend begegneten wir auf jedem Schritte einem Greuel. Hier lag ein armer Alter mit gespaltetem Schädel in seinem Blute, dort sträubte sich ein totenblasses Weib in den Armen eines rohen Lanzenknechts. Eine Gasse lag still wie das Grab, aus einer andern erschollen noch Hilferufe und mißtönige Sterbeseufzer.

Ich aber, unempfindlich für diese unfaßbare Größe des Elends, stürmte wie ein Verzweifelter vorwärts, so daß mir Boccard und der Schweizer kaum zu folgen vermochten. Endlich war die Brücke erreicht und überschritten. Ich stürzte in vollem Laufe nach dem Hause des Rats, die Augen unverwandt auf seine hoch gelegenen Fenster geheftet. An einem derselben wurden ringende Arme sichtbar, eine menschliche Gestalt mit weißen Haaren ward hinausgedrängt. Der Unglückliche, es war Chatillon, klammerte sich einen Augenblick noch mit schwachen Händen an das Gesims, dann ließ er es los und stürzte auf das Pflaster. An dem Zerschmetterten vorüber, erklomm ich in wenigen Sprüngen die Treppe und stürzte in das Gemach. Es war mit Bewaffneten gefüllt, und ein wilder Lärm erscholl aus der offenen Türe des Bibliothekzimmers. Ich bahnte mir mit meiner Hallebarde den Weg und erblickte Gasparde, in eine Ecke gedrängt und von einer gierigen, brüllenden Meute umstellt, die sie, mein Pistol in der Hand und bald auf diesen bald auf jenen zielend, von sich abhielt. Sie war farblos wie ein Wachsbild, und aus ihren weit geöffneten blauen Augen sprühte ein schreckliches Feuer.

Alles vor mir niederwerfend, mit einem einzigen Anlaufe, war ich an ihrer Seite, und »Gott sei Dank, du bist es!« rief sie noch und sank mir dann bewußtlos in die Arme.

Unterdessen war Boccard mit dem Schweizer nachgedrungen. »Leute!« drohte er, »im Namen des Königs verbiete ich euch, diese Dame nur mit einem Finger zu berühren! Zurück, wem sein Leben lieb ist! Ich habe Befehl, sie ins Louvre zu bringen!«

Er war neben mich getreten, und ich hatte die ohnmächtige Gasparde in den Lehnstuhl des Rats gelegt.

Da sprang aus dem Getümmel ein scheußlicher Mensch mit blutigen Händen und blutbeflecktem Gesichte hervor, in dem ich den verfemten Lignerolles erkannte.

»Lug und Trug!« schrie er, »das, Schweizer? – Verkappte Hugenotten sind's und von der schlimmsten Sorte! Dieser hier – ich kenne dich wohl, vierschrötiger Halunke – hat den frommen Grafen Guiche gemordet, und jener war dabei. Schlagt tot! Es ist ein verdienstliches Werk, diese schurkischen Ketzer zu vertilgen! Aber rührt mir das Mädel nicht an – die ist mein!«

Und der Verwilderte warf sich wütend auf mich.

»Bösewicht«, rief Boccard, »dein Stündlein ist gekommen! Stoß zu, Schadau!« Rasch drängte er mit geschickter Parade die ruchlose Klinge in die Höhe, und ich stieß dem Buben mein Schwert bis an das Heft in die Brust. Er stürzte.

Ein rasendes Geheul erhob sich aus der Rotte.

»Weg von hier!« winkte mir der Freund. »Nimm dein Weib auf den Arm und folge mir!«

Jetzt griffen Boccard und der Schweizer mit Hieb und Stoß das Gesindel an, das uns von der Türe trennte, und brachen eine Gasse, durch die ich, Gasparde tragend, schleunig nachschritt.

Wir gelangten glücklich die Treppen hinunter und betraten die Straße. Hier hatten wir vielleicht zehn Schritte getan, da fiel ein Schuß aus einem Fenster. Boccard schwankte, griff mit unsicherer Hand nach dem Medaillon, riß es hervor, drückte es an die erblassenden Lippen und sank nieder.

Er war durch die Schläfe getroffen. Der erste Blick überzeugte mich, daß ich ihn verloren hatte, der zweite, nach dem Fenster gerichtete, daß ihn der Tod aus meinem Reiterpistol getroffen, welches Gaspardes Hand entfallen war und das jetzt der Mörder frohlockend emporhielt. Die scheußliche Horde an den Fersen, riß ich mich mit blutendem Herzen von dem Freunde los, bei dem sein treuer Soldat niederkniete, bog um die nahe Ecke in das Seitengäßchen, wo meine Wohnung gelegen war, erreichte sie unbemerkt und eilte durch das ausgestorbene Haus mit Gasparde hinauf in meine Kammer.

Auf dem Flur des ersten Stockwerkes schritt ich durch breite Blutlachen. Der Schneider lag ermordet, sein Weib und seine vier Kinder, am Herd in ein Häuflein zusammengesunken, schliefen den Todesschlummer. Selbst der kleine Pudel, des Hauses Liebling, lag verendet bei ihnen. Blutgeruch erfüllte das Haus. Die letzte Treppe ersteigend, sah ich mein Zimmer offen, die halbzerschmetterte Türe schlug der Wind auf und zu.

Hier hatten die Mörder, da sie mein Lager leer fanden, nicht lange geweilt, das ärmliche Aussehen meiner Kammer versprach ihnen keine Beute. Meine wenigen Bücher lagen zerrissen auf dem Boden zerstreut, in eines derselben hatte ich, als mich Boccard überraschte, den Brief meines Ohms geborgen, er war herausgefallen, und ich steckte ihn zu mir. Meine kleine Barschaft trug ich noch von der Reise her in einem Gurt auf dem Leibe.

Ich hatte Gasparde auf mein Lager gebettet, wo die Bleiche zu schlummern schien, und stand neben ihr, überlegend, was zu tun sei. Sie war unscheinbar wie eine Dienerin gekleidet, wohl in der Absicht, mit ihrem Pflegevater zu fliehen. Ich trug die Tracht der Schweizergarde.

Ein wilder Schmerz bemächtigte sich meiner über all das frevelhaft vergossene teure und unschuldige Blut. »Fort aus dieser Hölle!« sprach ich halblaut vor mich hin.

»Ja, fort aus dieser Hölle!« wiederholte Gasparde, die Augen öffnend und sich auf dem Lager in die Höhe richtend. »Hier ist unsres Bleibens nicht! Zum ersten nächsten Tore hinaus!«

»Bleibe noch ruhig!« erwiderte ich. »Unterdessen wird es Abend, und die Dämmerung erleichtert uns vielleicht das Entrinnen.«

»Nein, nein«, versetzte sie bestimmt, »keinen Augenblick länger bleibe ich in diesem Pfuhl! Was liegt am Leben, wenn wir zusammen sterben! Laß uns geradenwegs auf das nächste Tor zugehn. Werden wir überfallen und wollen sie mich mißhandeln, so erstichst du mich und erschlägst ihrer zwei oder drei, so sterben wir nicht ungerächt. – Versprich mir das!« –

Nach einigem Überlegen willigte ich ein, da es auch mir besser schien, um jeden Preis der Not ein Ende zu machen. Konnte doch der Mord morgen von neuem beginnen, waren doch die Tore nachts strenger bewacht als am Tage.

Wir machten uns auf den Weg, durch die blutgetränkten Gassen langsam nebeneinander wandelnd unter einem wolkenlosen, dunkelblauen Augusthimmel.

Unangefochten erreichten wir das Tor.

Im Torwege vor dem Pförtchen der Wachtstube stand mit verschränkten Armen ein lothringischer Kriegsmann mit der Feldbinde der Guisen, der uns mit stechendem Blicke musterte.

»Zwei wunderliche Vögel!« lachte er. »Wo hinaus, Herr Schweizer, mit Euerm Schwesterchen?«

Das Schwert lockernd schritt ich näher, entschlossen, ihm die Brust zu durchbohren; denn ich war des Lebens und der Lüge müde.

»Bei den Hörnern des Satans! Seid Ihr es, Herr Schadau?« sagte der lothringische Hauptmann, bei dem letzten Worte seine Stimme dämpfend. »Tretet ein, hier stört uns niemand.«

Ich blickte ihm ins Gesicht und suchte mich zu erinnern. Mein ehemaliger böhmischer Fechtmeister tauchte mir auf.

»Ja freilich bin ich es«, fuhr er fort, da er meinen Gedanken mir im Auge las, »und bin's, wie mir dünkt, zur gelegenen Stunde.«

Mit diesen Worten zog er mich in die Stube, und Gasparde folgte.

In dem dumpfigen Raume lagen auf einer Bank zwei betrunkene Kriegsknechte, Würfel und Becher neben ihnen am Boden.

»Auf, ihr Hunde!« fuhr sie der Hauptmann an. Der eine erhob sich mühsam. Er packte ihn am Arme und stieß ihn vor die Türe mit den Worten: »Auf die Wache, Schuft! Du bürgst mir mit deinem Leben, daß niemand passiert!« – Den andern, der nur einen grunzenden Ton von sich gegeben hatte, warf er von der Bank und stieß ihn mit dem Fuße unter dieselbe, wo er ruhig fortschnarchte.

»Jetzt belieben die Herrschaften, Platz zu nehmen!«, und er zeigte mit einer kavaliermäßigen Handbewegung auf den schmutzigen Sitz.

Wir ließen uns nieder, er rückte einen zerbrochenen Stuhl herbei, setzte sich rittlings darauf, den Ellbogen auf die Lehne stützend, und begann in familiärem Tone:

»Nun laßt uns plaudern! Euer Fall ist mir klar, Ihr braucht ihn mir nicht zu erläutern. Ihr wünscht einen Paß nach der Schweiz, nicht wahr? – Ich rechne es mir zur Ehre, Euch einen Gegendienst zu leisten für die Gefälligkeit, mit der Ihr mir seinerzeit das schöne wirtembergische Siegel gezeigt habt, weil Ihr wußtet, ich sei ein Kenner. Eine Hand wäscht die andere. Siegel gegen Siegel. Diesmal kann ich Euch mit einem aushelfen.«

Er kramte in seiner Brieftasche und zog mehrere Papiere heraus.

»Seht, als ein vorsichtiger Mann ließ ich mir für alle Fälle von meinem gnädigen Herzog Heinrich für mich und meine Leute, die wir gestern nacht dem Admiral unsre Aufwartung machten«, diese Worte begleitete er mit einer Mordgebärde, vor der mir schauderte, »die nötigen Reisepapiere geben. Der Streich konnte fehlen. Nun, die Heiligen haben sich dieser guten Stadt Paris angenommen! – Einer der Pässe – hier ist er – lautet auf einen beurlaubten königlichen Schweizer, den Furier Koch. Steckt ihn zu Euch! er gewährt Euch freie Straße durch Lothringen an die Schweizer Grenze. Das wäre nun in Ordnung. – Was das Fortkommen mit Euerm Schätzchen betrifft, zu dem ich Euch, ohne Schmeichelei, Glück wünsche«, hier verneigte er sich gegen Gasparde, »so wird die schöne Dame schwerlich gut zu Fuße sein. Da kann ich Euch denn zwei Gäule abtreten, einen sogar mit Damensattel – denn auch ich bin nicht ungeliebt und pflege selbander zu reiten. Ihr gebt mir dafür vierzig Goldgulden, bar, wenn Ihr es bei Euch habt, sonst genügt mir Euer Ehrenwort. Sie sind etwas abgejagt, denn wir wurden Hals über Kopf nach Paris aufgeboten; aber bis an die Grenze werden sie noch dauern.« Und er rief durch das Fensterchen einem Stalljungen, der am Tore herumlungerte, den Befehl zu, schleunig zu satteln.

Während ich ihm das Geld, fast mein ganzes Besitztum, auf die Bank vorzählte, sagte der Böhme:

»Ich habe mit Vergnügen vernommen, daß Ihr Euerm Fechtmeister Ehre gemacht habt. Freund Lignerolles hat mir alles erzählt. Er wußte Euern Namen nicht, aber ich erkannte Euch gleich aus seiner Beschreibung. Ihr habt den Guiche erstochen! Alle Wetter, das will etwas heißen. Ich hätte Euch das nie zugetraut. Freilich meinte Lignerolles, Ihr hättet Euch die Brust etwas gepanzert. Das sieht Euch nicht gleich, doch zuletzt hilft sich jeder, wie er kann.«

Während dieses grausigen Geplauders saß Gasparde

stumm und bleich. Jetzt wurden die Tiere vorgeführt, der Böhme half ihr, die unter seiner Berührung zusammenschrak, kunstgerecht in den Sattel, ich schwang mich auf das andere Roß, der Hauptmann grüßte, und wir sprengten durch den hallenden Torweg und über die donnernde Brücke gerettet von dannen.

ZEHNTES KAPITEL

Zwei Wochen später, an einem frischen Herbstmorgen, ritt ich mit meinem jungen Weibe die letzte Höhe des Gebirgszuges hinan, der die Freigrafschaft von dem neuenburgischen Gebiete trennt. Der Grat war erklommen, wir ließen unsre Pferde grasen und setzten uns auf ein Felsstück.

Eine weite, friedliche Landschaft lag in der Morgensonne vor uns ausgebreitet. Zu unsern Füßen leuchteten die Seen von Neuenburg, Murten und Biel; weiterhin dehnte sich das frischgrüne Hochland von Fryburg mit seinen schönen Hügellinien und dunkeln Waldsäumen; die eben sich entschleiernden Hochgebirge bildeten den lichten Hintergrund.

»Dies schöne Land also ist deine Heimat und endlich evangelischer Boden?« fragte Gasparde.

Ich zeigte ihr links das in der Sonne blitzende Türmchen des Schlosses Chaumont.

»Dort wohnt mein guter Ohm. Noch ein paar Stunden, und er heißt dich als sein geliebtes Kind willkommen! – Hier unten an den Seen ist evangelisches Land, aber dort drüben, wo du die Turmspitzen von Fryburg erkennen kannst, beginnt das katholische.«

Als ich Fryburg nannte, verfiel Gasparde in Gedanken. »Boccards Heimat!« sagte sie dann. »Erinnerst du dich noch, wie froh er an jenem Abende war, als wir uns zum ersten Male bei Melun begegneten! Nun erwartet ihn sein Vater vergebens – und für mich ist er gestorben.«

Schwere Tropfen sanken von ihren Wimpern.

Ich antwortete nicht, aber blitzschnell zog an meiner Seele die Geschichte der verhängnisvollen Verkettung meines Loses mit dem meines heitern Landsmannes vorüber, und meine Gedanken verklagten und entschuldigten sich untereinander.

Unwillkürlich griff ich an meine Brust auf die Stelle, wo Boccards Medaille mir den Todesstoß aufgehalten hatte.

Es knisterte in meinem Wams wie Papier; ich zog den vergessenen, noch ungelesenen Brief meines Ohms heraus und erbrach das unförmliche Siegel. Was ich las, versetzte mich in schmerzliches Erstaunen. Die Zeilen lauteten:

Lieber Hans!

Wenn Du dieses liesest, bin ich aus dem Leben, oder vielmehr bin ich in das Leben gegangen.

Seit einigen Tagen fühle ich mich sehr schwach, ohne gerade krank zu sein. In der Stille leg ich ab Pilgerschuh und Wanderstab. Dieweil ich noch die Feder führen kann, will ich Dir selbst meine Heimfahrt melden und den Brief an Dich eigenhändig überschreiben, damit eine fremde Handschrift Dich nicht betrübe. – Bin ich hinüber, so hat der alte Jochem den Auftrag, ein Kreuz zu meinem Namen zu setzen und den Brief zu siegeln. Rot, nicht schwarz. Ziehe auch kein Trauergewand um mich an, denn ich bin in der Freude. Ich lasse Dir mein irdisches Gut, vergiß Du das himmlische nicht. Dein treuer Ohm Renat.

Daneben war mit ungeschickter Hand ein großes Kreuz gemalt. Ich kehrte mich ab und ließ meinen Tränen freien Lauf. Dann erhob ich das Haupt und wandte mich zu Gasparde, die mit gefalteten Händen an meiner Seite stand, um sie in das verödete Haus meiner Jugend einzuführen.

ANMERKUNGEN

Titel *Amulett:* am Körper getragenes Abwehrmittel gegen Unheil, oft kleiner Anhänger mit Geheimzeichen und Inschriften; lat. amoliri = abwenden. Im Deutschen seit dem 16. Jh., ›Artzney so man ann Hals henckt‹.

3,18 *Generalstaaten:* 1579–1795 die Versammlung der Abgeordneten der sieben Provinzstaaten (-stände) der Republik der Vereinigten Niederlande.

4,4 *Kontrakt:* Vertrag, Abmachung, in der Kanzleisprache des 15. Jh.s aus lat. contractus.

4,16 *Medaillon:* frz., flache Kapsel für ein Bildchen als Anhänger.

5,25 *Würtemberg:* Wirtemberg, alte Schreibweisen von Württemberg.

5,27 *Mümpelgard:* Mömpelgard, Hauptort einer Grafschaft im heutigen frz. Département Doubs (Franche-Comté), die 1397 durch Heirat an Württemberg kam; 1676–79 unter französischer Herrschaft, 1801 von den Franzosen besetzt und seit 1801 als Montbéliard endgültig französisch.

5,32 *Pikardie:* geschichtliche Landschaft und ehemalige Provinz im nördlichen Frankreich (Hauptstadt Amiens).

6,26 *Calvinist:* Anhänger der Lehre des Schweizer Reformators Johann Calvin (1509–64). Calvin wirkte als evangelischer Prediger in Genf und führte dort mit Unterstützung der Regierung ein hartes kirchliches Regiment.

6,36 *Konsequenz:* Folge(rung), Folgerichtigkeit, Zielstrebigkeit, seit dem 16. Jh. aus lat. consequentia.

7,19 f. *apokalyptische Reiter:* Gestalten aus der Apokalypse, der Offenbarung des Johannes im letzten Buch des Neuen Testaments, in der die Schilderung des

Weltendes enthalten ist. Der vierte Reiter auf einem fahlen Pferd (Falben) ist der Tod (vgl. Offenbarung 6, 8).

7,31 *Coligny*, Gaspard de (1519–72), französischer Admiral unter Karl IX., 1557 zum Calvinismus übergetreten, als Führer der Hugenotten im Kampf gegen das katholische Spanien und dessen Einfluß in der Bartholomäusnacht ermordet.

7,37 *Alba*, Fernando Alvarez de Toledo, Herzog von Alba (1507–82), spanischer Feldherr Karls V. und Statthalter Philipps II. in den Niederlanden. Seine Gewaltherrschaft führte zum Abfall der nördlichen Provinzen.

8,5 *Babylonerin:* Babylon war für die Juden der Inbegriff von Verderbtheit und Sittenlosigkeit (vgl. Offenbarung 18).

8,15 *Pazifikationsedikt:* Friedenserlaß; lat. pacificatio = Friedensstiftung, lat. edictum = öffentliche Bekanntmachung, Verordnung.

8,16 *Hugenotten:* frz. ›Eidgenossen‹, reformierte (calvinistische) Protestanten in Frankreich.

9,22 *Parade:* lat.-span.-it.-frz., Abwehr eines Angriffs beim Fechten, im 15. Jh. ins Deutsche übernommen, seit dem 17. Jh. auch ›Truppenschau‹.

9,22 *Finte:* lat.-it., Scheinhieb, vorgetäuschter Stoß beim Fechten, allgemein: Vorwand, Ausflucht, List; lat. fi(n)cta = das fälschlich Vorgegebene, Erdichtete.

12,22 *Drommetenschall:* Drommete, Trommete, Nebenformen zu Trompete.

12,33 *Schultheißen:* mhd. schultheize, frühnhd. Schultesse, Schulteß, (nordd. Form) Schulze; wörtlich: ›Befehler der Verpflichtung‹, ursprünglich ein von einem Höheren eingesetzter richterlicher und polizeilicher Beamter, später ein von der Gemeinde gewählter Vorsteher.

13,19 *Cortaillod:* Wein aus der Gegend um Cortaillod, einer Gemeinde im Bezirk Bondry des schweizerischen Kantons Neuenburg.

14,16 *Freigrafschaft* Burgund, Gebiet an der oberen Saône

und am Doubs; 1482 habsburgisch, seit 1678 französisch.

16,8 *Religionsfriede:* gewährt ungehinderte Religionsausübung der verschiedenen Konfessionen nebeneinander.

18,7 *Servet:* Servetus, Servedo, Michael, spanischer Arzt und Theologe, als Ketzer 1553 in Genf verbrannt.

20,37 *Votivtafel:* ein der Kirche aus Dank gestiftetes Bildwerk, auf dem die Erfüllung einer Gebetsbitte dargestellt ist; lat. ex voto = auf Grund eines Gelübdes.

23,5 *Fürwort:* ursprünglich Ausrede, Ausflucht, seit dem 17. Jh. auch Fürsprache; hier in diesem Sinn gebraucht. (Als grammatischer Begriff für Pronomen seit dem 18. Jh.)

24,17 *das Louvre:* frz., heute der Louvre, Residenz der französischen Könige in Paris, heute Museum.

25,15 *Kabinett:* frz., Arbeits- und Beratungszimmer, kleines Gemach; seit dem 18. Jh. auch die persönlichen Berater des Staatsoberhauptes oder die Gesamtregierung.

25,36 *mich anmutete:* hier veraltete Bedeutung: mir gefiel.

26,28 *Foliant:* Buch in Foliogröße (ca. 21 × 33 cm), also großes, unhandliches Buch; lat. in folio = in einem Blatt (d. h., bei diesem Buchformat wird jeder Bogen nur einmal gefalzt).

26,31 *Statuetten:* lat.-frz., kleine Statuen, kleine Standbilder; lat. stare, statua.

28,5 *Ptolemäus,* Claudius (etwa 85–160 n. Chr.), Geograph, Astronom und Mathematiker in Alexandria. In dem nach ihm benannten System wird die Erde als Mittelpunkt der Welt angenommen.

33,30 *Rhetorik:* griech.-lat., Kunst der Rede; griech.(-lat.) rhetoriké (téchne); rhetor = Redner.

33,33 *Fanatismus:* blinde, hemmungslose Begeisterung, (Glaubens)schwärmerei; neulat. Bildung des 19. Jh.s nach frz. fanatisme, das auf lat. fanaticus zurückgeht.

34,22 *Memme:* seit dem 15. Jh. Schimpfwort für Feigling, Muttersöhnchen; aus mhd. memme, mamme = Mutterbrust, Mutter; Lallwort aus der Kindersprache.

34,34 *das Begleit:* die Begleitung.

36,28 *Memorandum:* Denkschrift, meist im politisch-diplomatischen Bereich; lat. memorandus = erwähnenswert, lat. memorare = in Erinnerung bringen.

37,26 *Fontainebleau:* frz., Schloß südöstlich von Paris, 16. bis 18. Jh. Sommersitz der französischen Könige.

40,11 *Medizäerin:* Katharina von Medici (1519–89), Gemahlin Heinrichs II., Mutter Karls IX. von Frankreich. Auf ihr Betreiben wurden die Hugenotten, die anläßlich einer fürstlichen Hochzeit in Paris zusammengekommen waren, in der Bartholomäusnacht 1572 ermordet.

40,29 *frug:* alte starke Form von fragte.

42,30 *methodischer Fechter:* planmäßig, genau nach den Regeln kämpfender Fechter; griech.-spätlat. méthodos = durch Regeln und Grundsätze geordnetes Vorgehen bei einer Untersuchung oder einem Verfahren.

48,35 *Friedensedikt:* s. o. Pazifikationsedikt.

49,3 *Privilegium:* lat., Vorrecht, Sonderrecht, Sonderstellung.

52,18 *Montaigne,* Michel Eyquem de (1533–92), französischer Philosoph, Parlamentsrat und Bürgermeister von Bordeaux. Berühmt als Zeugnis des französischen Späthumanismus ist sein Hauptwerk »Essais« (1580), weltmännische Reflexionen über moral- und lebensphilosophische Fragen.

56,21 *das (Reise)pistol:* veraltet für die Pistole, im 15. Jh. aus tschech. pišťal (= Pfeife, Rohr, Pistole) entlehnt.

56,30 *Pèlerin et Voyageur:* frz., = Pilger und Reisender.

57,35 *markten:* mhd. marketen, eigentlich: auf Märkten Handel treiben, allgemein: handeln, verhandeln, feilschen; Ableitung von Markt, aus vulgärlat. marcatus früh übernommen.

64,17 *Bastille:* frz., Zwingburg der französischen Könige in Paris, seit dem 17. Jh. Staatsgefängnis.

64,27 *Hallebarde:* frz., aus dem deutschen Hellebarde, seit dem 13. Jh. gebräuchliche Waffe, bestehend aus einem langen Schaft mit Lanzenspitze, an deren Seiten eine axtförmige Klinge und ein Haken angebracht waren; abgeleitet von Halb, Helb = Stiel und Barte = Beil.

70,18 *selbander:* zu zweit, Zusammensetzung aus selb = selbst und ander = der andere oder, als Ordnungszahl, ›zweite‹; also wörtlich: derart, daß ich selbst der andere, der zweite bin.

70,23 *dauern:* ältere Bedeutung ausharren, aushalten, durchhalten; hier in diesem Sinn gebraucht.

72,10 *Medaille:* Denkmünze, Schaumünze. Im 16. Jh. aus frz. médaille, von it. medaglia, entlehnt; vulgärlat. metallia (moneta) = Münze aus Metall; lat metallum. Hier gleichbedeutend mit Medaillon (s. dort) gebraucht.

72,23 *Heimfahrt:* Umschreibung für Tod.

Herzog v. Navarra · Führer d. Hugenotten später katholisch.

ZU C. F. MEYERS »AMULETT«

Als Conrad Ferdinand Meyer im Winter 1872/73 daranging, seiner Schwester die Novelle *Das Amulett* zu diktieren, hatte er schon manche Vorarbeit zu diesem Werke geleistet. Eine Niederschrift, anfangs der sechziger Jahre begonnen, hatte er beiseite gelegt, weil ihm der Stoff damals noch nicht genügend motiviert und durchdacht erschien. Später finden wir ihn mit sorgfältigen Geschichtsstudien beschäftigt, er machte Aufzeichnungen über die französischen Religionskriege unter Karl IX., über die niederländische Geschichte, über die Vorgänge im Zusammenhang mit der Pariser Bartholomäusnacht und über die Persönlichkeit der Katharina von Medici. Anregungen empfing er, wie er selbst 1873 schreibt, von Prosper Mérimées Roman *Chronique du règne de Charles IX* (erschienen 1829).

Das Bewußtsein seiner wachsenden dichterischen Kraft und der erste Ruhm als Schriftsteller beschwingten sein Schaffen während der Jahre im Seehof zu Meilen, wo *Das Amulett* entstand. Das Werk war Meyers erste Prosanovelle. Es erschien 1873 bei Haessel in Leipzig, aber der Erfolg war trotz anerkennender Besprechungen gering. Doch hoben schon damals die Kritiker hervor, was die Meyerschen Novellen auszeichnet: die einfache, anmutige Sprache, die Meisterschaft der Komposition, Reinheit der Charakterzeichnung, Sorgfalt der Motivierung und vor allem die überzeugende Treue in der Darstellung des Zeitbildes.